文春文庫

八丁堀吟味帳「鬼彦組」

裏切り

鳥羽亮

文藝春秋

目次

◎主要登場人物◎

彦坂新十郎（北町奉行所吟味方与力）

彦坂組（鬼彦組）同心衆

倉田佐之助（北町奉行所定廻り同心、剣の遣い手）

根津彦兵衛（同、通称「屍視《おろくみ》の彦兵衛」）

利根崎新八（同、通称「仏の旦那」）

高岡弥太郎（同、若手）

狭山源次郎（臨時廻り同心、通称「ぼやきの源さん」）

田上与四郎（同、通称「百化けの旦那」）

自らも捜査にあたる与力・彦坂新十郎。いつしか彼のもとに能力のある同心たちが集い、ひとりの手にあまる事件を協力して解決するようになっていた。どんな悪事をも見逃さぬ彼らを、「彦坂組」、またの名を「鬼彦組」という——。

小石川
卍寛永寺
浅草
卍浅草寺
上野
本郷
不忍池
駒形堂
卍
吾妻橋
御蔵
⛩神田明神
蔵前
御竹蔵
神田
本所
両国広小路
横網町
両国橋
卍
回向院
竪川
本石町
六間堀町
御城
日本橋
新大橋
親父橋
北町奉行所
大川
(隅田川)
南茅場町
深川
八丁堀
永代橋
万年町
楓川
⛩富ヶ岡八幡
築地
佃島
芝

八丁堀吟味帳　関連地図

八丁堀吟味帳「鬼彦組」

裏切り

第一章　穴《あな》熊《ぐま》

1

　おきよは、日本橋鉄砲町《てっぽうちょう》の表通りを足早に歩いていた。まだ明け六ツ（午前六時）前だが、東の空は茜《あかね》色に染まり、町筋は白んでいた。晴天らしく、頭上には青みを帯びた空がひろがっている。西の空に、白い三日月が忘れられたように浮かんでいた。

　通り沿いの表店《おもてだな》はまだ大戸をしめていたが、ぽつぽつと人影があった。朝の早いぼてふりや出職の職人などである。

　おきよが本石町《ほんごくちょう》四丁目に入ったとき、明け六ツの鐘が鳴った。時の鐘は本石町にあったので、静寂を突き破るような大きな音がひびいた。その鐘の音が、合図ででもあったかのようにあちこちから大戸をあける音が聞こえだした。通り沿いの大店《おおだな》の多くが、店を開き始めたのである。

おきよは、すこし足を速めた。今朝は、いつもより遅かったのだ。おきよは本石町三丁目にある両替商、松波屋《まつなみや》の通いの女中で、主人の家族が食べる朝餉《あさげ》の支度《したく》の手伝いをすることになっていた。店がひらくころに、台所に入りたかったのである。おきよは三十がらみ、松波屋に通いで勤めるようになって七年になる。

本石町三丁目まで来ると、通りの先に松波屋が見えてきた。土蔵造りの二階建てだが、人目を引くほどの大きな店ではない。通り沿いには、呉服屋や太物《ふともの》問屋の大店が並んでいたのである。

両替商は、金銀の交換をおこなう本両替と金銀貨と銭を交換する脇両替があった。多額の資本が必要なのは本両替で、脇両替は質屋や酒屋などでもおこなっていた。松波屋は本両替である。

……あれ、まだ表戸がしまってるよ。

松波屋の大戸はしまっていた。明け六ツの鐘が鳴ると、丁稚《でっち》たちが大戸をあけて店の前の掃き掃除を始めるのだが、その姿もなかった。

松波屋の隣の呉服屋、島村屋《しまむらや》は店開きし、手代がふたり店先を箒《ほうき》で掃いていた。向かいの太物問屋、荒木屋《あらきや》も大戸があいている。

……何かあったのかしら。

おきよは、胸の内でつぶやいた。松波屋の店先に男が四、五人立って、しまったままの大戸に目をやっている。通りすがりのぼてふりや職人、それに近所の店の奉公人たちの姿もあった。

おきよは、集まっている男たちに近付くと、

「ちょっと、どいて」

と小声で言って、大戸に近付いた。

見ると、くぐり戸近くの大戸に穴があった。膝あたりの高さのところに大きな四角の穴があいている。穴の下の地面に、大鋸《おが》屑《くず》が散らばっていた。大戸に張った板を鋸《のこぎり》で挽《ひ》き切ったらしく、板が二枚落ちている。

「おきよさん、それ、何の穴です？」

後ろで声がした。

隣の島村屋の手代の房次郎《ふさじろう》だった。隣の店の前に人だかりができているので、何があるのか見に来たらしい。

「なにかしら、あたしにも分からないわ」

おきよは屈《かが》んで、穴から店のなかを覗《のぞ》いてみた。

暗かった。土間の先の板敷きの間とそれにつづく帳場が、ぼんやりと識別できるだけである。人影はなかった。ひっそりとして、人声も物音も聞こえなかった。まるで、空き家のようである。

「だれもいないけど……」

どうしたのだろう、とおきよは、思った。昨日、おきよは暮れ六ツ（午後六時）前に、店を出たが、ふだんと変わりなかった。主人家族も、奉公人たちもいつものように忙しく立ち働いていたのである。

おきよは強い不安と恐怖に襲われた。昨夜、とてつもない異変が松波屋を襲ったのではあるまいか。そんな思いが、胸をよぎったのである。

「おい、くぐり戸があくぞ」

くぐり戸の前にいた職人ふうの男が言った。くぐり戸に、手をかけて引いたらしい。三寸ほどあいている。

おきよは、くぐり戸のそばまで行って店のなかを覗いてみたが、やはり人影はなく、闇と静寂につつまれている。

大変なことが起こったらしい。

おきよの胸は、不安と恐怖で早鐘のように鳴りだした。それでも、くぐり戸をさらにあけて店のなかに入った。強い不安と恐怖があったが、何があったのか確かめてみたい好奇心がおきよの背を押したのである。

房次郎や野次馬たちは、あけられたくぐり戸の間から店のなかを覗いていた。男たちの目が、おきよの背に集まっている。

おきよは土間に立って店のなかを見まわした。闇に目が慣れてくると、店のなかの様子がぼんやりと見えてきた。

土間につづいて客と両替をする座敷があり、その座敷の先に帳場格子と帳場机があった。帳場机の上には、天秤《てんびん》、台秤《だいばかり》、算盤《そろばん》などが置かれ、壁際には帳箪笥《ちょうだんす》があった。帳面類は、帳箪笥の脇にかかっている。昨日帰り際に見た店内のままである。

……だれかいる！

おきよの体が凍りついたように固まった。

帳場机の脇に、横たわっている人影があった。闇につつまれ、だれなのか分からなかった。

人影は、まったく動かない。男らしかった。俯《うつぶ》せになり、あらわになった両足が薄闇のなかに白く浮き上がったように見える。着ているのは寝間着のようだ。

そのとき、おきよは異臭を感じた。何の臭いか分からなかったが、店内の大気のなかに鼻をつく臭いがただよっている。

……だれかしら。

俯せに横になっている男は、奉公人のようだった。

おきよは座敷に上がり、恐る恐る横たわっている人影に近付いた。男はピクリとも動かなかった。寝息も聞こえない。おきよは、横たわっている男が、死んでいるのではないかと思い、体が顫《ふる》えだした。

それでも、おきよは横たわっている男の脇まできた。そのとき、おきよは俯せになっている男の顔のあたりの畳が、どす黒く染まっているのに気付いた。その黒いものは、顎《あご》や首筋にもべっとり張り付いている。

……血だ！

そう思ったとき、おきよの全身を激しい恐怖がつらぬいた。

異臭は血の臭いである。男は殺されているようだ。しかも、店の奉公人らしい。

「ひ、人殺しい！」

おきよは悲鳴のような声をあげて、土間に飛び下り、あいているくぐり戸の間から外に飛び出した。

2

北町奉行所定廻《じょうまわ》り同心、倉田佐之助《くらたさのすけ》は、小者《こもの》の利助《りすけ》と岡っ引きの駒造《こまぞう》を連れて日本橋を渡ろうとしていた。

倉田が市中巡視のために奉行所を出て日本橋の近くまで来たとき、橋のたもとで待っていた駒造が走り寄ってきて、

「倉田の旦那、押し込みですぜ」

と、知らせたのだ。駒造は倉田が手札を渡している男である。

「押し込みだと！」

倉田は足をとめて訊いた。

倉田は二十六歳。北町奉行所のなかでも、剣の達者として知られていた。少年のころから、中西派一刀流の遣い手である加賀十郎兵衛《かがじゅうろべえ》の道場に通って修行したのだ。奉行所に出仕してから加賀道場をやめたが、剣の腕は確かである。

「へい、番頭が殺《や》られやした」

「場所はどこだい」

倉田は、すぐに現場に行こうと思った。盗賊が押し入り、番頭が殺されたとなると大変な事件《やま》である。

「本石町の松波屋でさァ」

「両替屋か」

倉田は本石町に松波屋という両替商があるのを知っていた。

「へい」

そうしたやり取りがあって、倉田は日本橋に足をむけたのだ。そのまま賑《にぎ》やかな日本橋の表通りを北にむかえば、本石町に出られる。

人出の多い通りを歩きながら、駒造が口早に話したことによると、今朝方、女房にやらせている店の前をとおりかかった顔見知りに、松波屋に押し込みが入ったらしいとの話を聞いて見てきたという。駒造は日本橋新材木町で女房のお滝《たき》にそば屋をやらせていたのだ。ふだん、岡っ引きの仕事がないときは、店を手伝うこともある。

駒造は初老だった。小柄で猪首《いくび》、げじげじ眉で小鼻が張っている。小柄な体軀のわりに、妙に顔が大きい。悪相だが、何となく憎めない顔をしていた。目のせいかもしれない。丸い目がよく動き、愛嬌《あいきょう》があるのだ。

「旦那、こっちで」

本石町に入ったところで、倉田たちは表通りを右手におれた。本石町は表通り沿いに一丁目から四丁目まで西から東に長くつづいている。

店のつづく通りに、松波屋はあった。店の大戸はしまっていたが、脇の二枚だけあいていた。その前に、人垣ができている。野次馬たちらしいが、近所の店者《たなもの》や岡っ引きと思われる男の姿もあった。

「前をあけてくんな。八丁堀の旦那だ」

駒造が野次馬たちの後ろから声をかけると、男たちが倉田に目をむけ、すぐに身を引いて道をあけた。

倉田は小袖を着流し、羽織の裾《すそ》を帯に挟む巻き羽織と呼ばれる八丁堀同心独特の格好をしていたので、すぐにそれと知れるのだ。

店のなかには、二十人ほどの男たちが集まっていた。薄暗かったが、あいている大戸の間からひかりが射し込み、男たちの姿を識別することができた。店の奉公人や岡っ引きたちである。

「根津《ねづ》の旦那がいやすぜ」

駒造が小声で言った。

帳場格子の脇に根津彦兵衛《ひこべえ》の姿があった。根津も北町奉行所の定廻り同心である。倉田と同じように押し込みと聞いて駆け付けたのだろう。

根津は屈み込んでいた。その前に人影が横たわっている。根津は殺された番頭を検屍しているらしい。

根津は五十がらみ、丸顔で浅黒い肌をしていた。細い目が、膝先の死体にそそがれている。根津のまわりには、岡っ引きや店の奉公人たちが集まっていた。いずれの顔もこわばっている。

「根津さん、ごくろうさまです」

倉田が声をかけると、根津は顔を上げ、

「殺された番頭の豊蔵《とよぞう》だよ」

と、小声で言って、また死体に目をむけた。

死体は仰向《あおむ》けに横たわっていた。髷《まげ》や寝間着が乱れ、腹や両足がむき出しになっている。

豊蔵は肩から胸にかけて斬られ、首筋や胸がどす黒い血に染まっていた。出血が激しかったとみえ、付近の畳にも血が飛び散っている。

「死骸《ほとけ》は、俯せになっていたのだがな。おれが、仰向けにさせたのだ」

根津が死体を見つめたまま言った。

凄愴《せいそう》な死顔だった。豊蔵は目を瞠《みひら》き、口をあんぐりあけたまま死んでいた。ひらいた口から黄ばんだ前歯が覗いている。

「血の固まり具合と肌の色から見て、殺されたのは子《ね》ノ刻（午前零時）ごろかな」

根津がつぶやくような声で言った。

根津は出血の変色と凝固のぐあい、それに死体の肌の変化から死後経過時間を推測し、豊蔵が死んだのは昨夜の子ノ刻ごろと推測したのである。

根津は町奉行所の同心のなかでも死体の検法に長《た》けていたので、仲間うちから「屍視《おろくみ》の彦兵衛」とか「屍《おろく》の彦さん」とか呼ばれていた。

根津が死体の検法に長じるようになったのは、それなりの理由があった。根津は同心になりたてのころ、検屍にあたり大失態をしでかした。

大川に揚がった磯吉《いそきち》という男の死体を検屍し、腹がふくれているのを見て、溺死と判断した。そして、磯吉の死を殺しではなく誤って川に嵌《は》まった事故死として扱い、探索をしなかったのだ。

ところが、別の件で捕らえられた男が吟味のおり、磯吉を殺したことを吐いた。濡れ手ぬぐいで口と鼻を押さえて窒息死させたという。磯吉の腹がふくれていたのは、水を飲んでふくれたのではなく、もともと太っていたのだ。

さらに、根津は経験を積んだ同心から、もともと太っていた腹なのか水を飲んでふくれたものなのかは腹を押せば分かるし、口や鼻をふさいで殺せば、顔色も変わるのですぐに知れると教えられた。

根津は己の未熟さを恥じるとともに、死体の検法を身に付けなければ同じ過ちを繰り返すと思った。その後、根津は機会をとらえて様々の死体を己の目で見るとともに、死因、死後経過時間による死体の変化、使われた凶器や毒物の見分け方などを先輩の同心や医師などに聞いたり、書物などで調べたりした。そうやって、死体の検法を身に付けたのである。

「この傷だがな。刀だと思うが、倉田はどうみる」

根津が訊いた。

根津は倉田が剣の達者であり、傷を見て刀傷かどうか見抜く目を持っていることを知っていたのだ。むろん、根津も刀傷らしいことは分かっている。

「刀ですね。それも、腕の立つ者が斬ったはずですよ」

下手人は、豊蔵を正面から袈裟《けさぎ》斬りに仕留めたのである。その斬り口がみごとだった。左の肩から胸にかけて、深く斬り下げていた。鎖骨が截断《せつだん》され、傷口から白い骨が覗いている。

「となると、下手人は武士だな」

根津が念を押すように言った。

「そうみていいでしょうね」

倉田は、夜盗のなかに武士がいたことはまちがいないと思った。それも、剛剣の主であろう。

「ところで、表の大戸を見たか」

根津が立ち上がって訊いた。

「いえ、まだ、見てませんが」

「見てみろ」

そう言って、根津は倉田を店の戸口に連れていった。

3

「見ろ、この穴を」

根津が大戸を指差した。

膝ほどの高さのところに、大きな四角の穴があいていた。土間に大鋸屑が落ちている。板を鋸で挽いたらしい。

「それに、ここだ」

根津が穴の上部の角を指差した。そこに、板を削り取ったような痕《あと》がある。

「ここを鑿《のみ》のような刃物で削り取り、できた隙間から細目の鋸を差し込んで板を挽き切ったのだ」

言われてみれば、土間に削ったような木屑も落ちている。

「下手人のなかに、鑿や細い鋸を持っていた者がいたことが分かる。それに、無駄なくうまく切り取っている」

「大工か！」

思わず、倉田が声を上げた。

さすがである。根津は、わずかに残された板の削り痕から、盗賊一味のなかに鑿や鋸の扱いに長けた者がいたことを嗅《か》ぎ出したのである。

「大工ときめつけるのは早いが、大工とかかわりのある者がいたことはまちがいないな」

「ここが、賊の侵入口ですね」

倉田は、盗賊が店に侵入するために大戸の板に鑿と鋸を使って穴をあけたのだろうと思った。

「そのようだが、この穴に心当たりはあるか」

根津が訊いた。

「いえ、初めて見ました」

倉田がこれまで扱った盗賊の事件で、大戸の板を鋸で挽き切って侵入する手口はなかった。

「穴熊《あなぐま》かもしれんぞ」

根津が低い声で言った。店内の薄闇のなかで、双眸《そうぼう》が底びかりしている。

「穴熊……」

倉田はどこかで聞いたような気がしたが、思い出せなかった。

「だいぶ前のことだが……。もう十年ほど経つかな。こうやって、大戸を鋸で挽き切って侵入する盗人《ぬすっと》一味がいたのだ。おれは、その件にかかわっていなかったが、穴熊一味と呼ばれていたらしい」

根津によると、一味は黒頭巾《くろずきん》を頭からすっぽりかぶり、目だけ出していたという。その姿が黒熊のように見えたことと、かならず大戸に穴をあけて侵入することから穴熊一味と呼ばれていたそうだ。

「その穴熊一味は、どうなったのですか」

倉田が訊いた。

「捕らえられた話は聞いてないな。……店の名は覚えてないが、たしか、日本橋の薬種問屋だったはずだ。穴熊一味は店に押し入り、驚いて寝間から逃げ出そうとした娘を刃物で刺し殺し、大金を奪って逃走したらしい。その後、姿を消してしまったようだ」

根津によると、その事件以来、穴熊一味はまったく姿を見せなくなったという。

「ひとりも、捕らえられなかったのですか」

倉田が訊いた。

「そのようだ」

「すると、その穴熊一味が、また、姿をあらわしたわけですか」

「まだ、穴熊一味と決め付けるのは早いな。手口を知っている者が、真似《まね》たとも考えられる」

根津はつぶやくように言うと、大戸の穴にあらためて目をやった。穴から射し込んだ陽が、土間を四角く照らしている。

「奉公人に、話を聞いてみます」

そう言い残し、倉田は戸口から離れた。

まず、倉田は帳場格子のそばにいた手代の浅次郎《あさじろう》に、店のあるじの家族や奉公人たちのことを訊いてみた。番頭の他にも、賊の手にかかった者がいるのではないかと思ったのである。

「こ、殺されたのは、番頭さんだけです」

浅次郎が声を震わせて言った。

「奉公人たちは、寝ていたのか」

「い、いいえ、部屋のなかにいきなり賊が押し入ってきて、みんな夜具ごと縛られてしまったのです」

浅次郎によると、部屋の障子をあけて踏み込んでくる物音を聞いて目を覚まし、身を起こしたところをだしぬけに掻巻《かいまき》を頭からかぶせられ、ふたりがかりで荒縄で縛り上げられたという。

「け、今朝、おきよさんに縄を解いてもらうまで、声も出ず、何も見えませんでした」

浅次郎が蒼ざめた顔で言い添えた。

おきよは、松波屋の通いの女中だという。なお、手代部屋には三人、丁稚部屋には四人寝ていたそうだ。

「丁稚たちも、踏み込んできた賊に縛られたのか」

「は、はい、わたしはおきよさんに助けられた後、丁稚部屋にも行き、縛られていた四人の縄を解いてやりました」

浅次郎によると、丁稚たちも手代たちと同じように掻巻や脱いであった小袖などを頭から被せられ、荒縄で縛られていたという。

「押し込みは、何人いたのだ」

大勢でなければ、寝間にいる何人もの奉公人たちを縛りあげるのはむずかしいはずである。

「何人かは、わかりません」

掻巻をかぶせられて何も見えなくなってしまったので、何人かはっきりしないが、六、七人はいたのではないか、と浅次郎は口にした。

「六、七人か」

倉田は、それだけいれば、できないことはないと思った。まず、手代部屋の三人を襲って縛り上げ、それから丁稚部屋に踏み込んだのであろう。

「それで、あるじ家族は」

倉田が声をあらためて訊いた。

「主人は二階におりますので、訊いてみてください」

浅次郎によると、階段を上がった先が主人家族の居間になっていて、あるじの藤右衛門《とうえもん》はそこにいるという。

行ってみると、二階の居間に四人の男がいた。藤右衛門と手代の峰三郎《みねさぶろう》、それに岡っ引きの島蔵《しまぞう》と伊勢吉《いせきち》である。倉田は島蔵と伊勢吉の顔を知っていたが、他の同心に手札をもらっている男で話したこともなかった。島蔵たちは、藤右衛門から昨夜の話を聞いていたらしい。

「あっしらは、これで」

島蔵が倉田に頭を下げ、伊勢吉とともに腰を上げた。ふたりは、倉田に遠慮して身を引いたらしい。

倉田は藤右衛門と峰三郎の前に膝を折り、昨夜のことを訊いたが、あらたなことは分からなかった。

藤右衛門は四人家族だった。女房のおしげ、七歳の長男の富助《とみすけ》、五歳の次男の長吉《ちょうきち》がいっしょに暮らしているという。四人は二階の寝間に寝ていたが、いきなり踏み込んできた賊に頭から掻巻や着物をかぶせられて縛られたそうである。

藤右衛門の家族も、奉公人たちと同じ目に遭ったようだ。いま、女房とふたりの子は隣の部屋で休んでいるらしい。

「で、ですが、家族四人は助かりました」

藤右衛門が、声を震わせて言い添えた。四十代半ばであろうか。でっぷり太った目鼻立ちの大きな男だった。

「ところで、賊にどれほど奪われたのだ」

当然、金だろうが、倉田は、まだ奪われた金額を訊いていなかったのだ。

「せ、千二百両ほど……。有り金をごっそり持っていかれました」

血の気のひいた藤右衛門は、体を顫わせながら、しぼり出すように言った。松波屋のような大店でも、千二百両は身代を揺るがすほどの大金なのであろう。

そのとき、藤右衛門の脇に座していた峰三郎が、

「内蔵があけられ、運び出されたようです」

と、蒼ざめた顔で付け加えた。

峰三郎によると、押し込み一味は番頭の豊蔵が寝ていたところを起こして帳場に連れていき、内蔵の鍵を出させてあけたのではないかという。

「押し込み一味は、内蔵をあけさせるために番頭を帳場に連れていったのか」

倉田は、なぜ番頭だけ部屋から連れ出されたのか疑問に思っていたが、峰三郎の話で納得した。

おそらく、押し込み一味は番頭に内蔵の鍵をあけさせて金を運びだした後、殺したのだ。番頭は一味の人数や体付きなどを見ているはずだし、一味の会話も聞いていただろう。押し込み一味は、番頭の口を封じるために斬殺したにちがいない。

「……豊蔵には、かわいそうなことをしました」

藤右衛門が、肩を落とし涙声で言った。

4

「新十郎《しんじゅうろう》、そろそろ御番所（奉行所）へ行く刻限ですよ」

母親のふねが、乱れ箱を持って座敷に入ってきた。乱れ箱のなかには、継裃《つぎがみしも》が入っている。

彦坂《ひこさか》新十郎は、座敷で出仕のために支度をしようとしていたところだった。新十郎は北町奉行所の吟味方与力である。

庭側の障子が、朝の陽にかがやいていた。五ッ（午前八時）ごろであろうか。町奉行所の与力の出仕は、四ッ（午前十時）ごろと決まっていたので、そろそろ支度をしないと遅れるだろう。

「さて、着替えますか」

新十郎は立ち上がった。

ふねに手伝ってもらって、継裃に着替えるのだ。町奉行所の与力の場合、出仕や職務にあたるおりは継裃と決まっていたのである。

新十郎は二十八歳だが、まだ独り身だった。妻がいれば着替えは妻に手伝わせるが、いまは母親の手を借りている。

「今日もいい陽気のようですね」

新十郎がおだやかな声で言った。面長《おもなが》で眉が濃く、頤《おとがい》が張っていた。眼光も鋭い。一見、剛毅《ごうき》そうな面構《つらがま》えだが、気性はおだやかである。

彦坂家は三人家族だった。新十郎の母親のふねと父親の富右衛門《とみえもん》である。もうひとり、妹のふさがいたが、御徒目付組頭《おかちめつけくみがしら》の有馬仙之助《ありませんのすけ》に嫁いで、いまは家にいなかった。

「新十郎、いつまでもわたしの手を借りるようでは駄目ですよ。早く、お嫁さんをもらわないと」

ふねがなじるように言った。

ふねは新十郎と顔を合わせると、早く嫁をもらって、家を継ぐ子をもうけろと口うるさいのだ。

ふねは四十路《よそじ》をこえていた。色白でふっくらした頰をし、優しげな面立ちだったが、気性は激しかった。ちかごろは、夫の富右衛門と家のなかで顔を合わせることが多くなったせいか、強い言葉が出ることもある。

反対に、富右衛門は穏やかでのんびりした気性の主で、ふねのきつい言葉もうまく受け流しているようだった。

「そのうち、何とかなるでしょう」

新十郎が、のんびりした口調で言った。新十郎の性格は、父親似かもしれない。

「そのうちにそのうちにと言って、何年経つのかねえ」

ふねが、嘆息まじりに言った。

そのとき、廊下をせわしそうに歩く足音がし、若党の青山峰助《あおやまみねすけ》が顔を出した。

青山は羽織袴姿だった。すでに、出仕の支度は済んでいるようだ。

青山は新十郎の供をして奉行所に向かうことになっていたが、座敷に来たのは何か急用があってのことらしい。

「だ、旦那さま、御番所の倉田さまがおみえですが」

青山が声をつまらせて言った。

町奉行所の与力は二百石取りだった。通常二百石取りの旗本の場合、殿さまと呼ばれるが、町奉行所の与力は、旦那さまと呼ばれる。町奉行所の与力は犯罪者を扱うことから不浄役人と思われ、将軍への謁見も許されない身分だったからであろう。

青山は五十がらみだった。丸顔で、浅黒い肌をしていた。目が丸く、狸《たぬき》を思わせるような顔である。青山は父親の代から彦坂家に奉公していた。そうしたこともあって、新十郎は青山に対して身内のひとりのような親しみをもっていた。

「何の用かな」

新十郎が訊いた。倉田佐之助は新十郎の配下で同じ八丁堀に住んでいたが、何か用があって訪ねてきたにちがいない。

「昨日の事件で、旦那さまのお耳に入れておきたいことがあるとのことです」

「昨日の事件な」

新十郎は、松波屋に押し込みが入った件であろうと思った。すでに、倉田と根津から報告は受けていたが、くわしいことは聞いていなかったのだ。

「倉田さまは、玄関先で待っておられます」

「そうか。……青山、他の者たちも御番所に出仕する支度はできているのか」

新十郎は槍持ちと草履《ぞうり》取りの中間《ちゅうげん》、小者、それに若党ひとりをしたがえて出仕する。他の町奉行所の与力も同じである。

新十郎は、奉行所に出仕する道すがら倉田と話そうと思ったのだ。倉田もそのつもりで来ているにちがいない。

倉田は玄関脇で待っていた。挟み箱をかついだ小者が、脇にひかえている。倉田も奉行所に向かうところらしい。

「倉田、歩きながら話すか」

「はい」

倉田は新十郎に頭を下げてから後についた。

町奉行所の与力の屋敷がつづく通りを歩きながら、

「倉田、話してくれ」

と、新十郎が切り出した。青山をはじめ従者たちは、ふたりからすこし間をとってついてくる。

新十郎と倉田は、同じ奉行所の与力と同心だったが、実は剣術道場の兄弟弟子でもあった。新十郎も、倉田と同じ日本橋高砂町《たかさごちょう》にある加賀十郎兵衛の道場に通っていたことがあったのだ。新十郎が兄弟子だったが、奉行所に出仕のため倉田より三年ほど早くやめていた。そのため、剣の腕は倉田の方が上かもしれない。

「昨日はお話ししませんでしたが、松波屋に押し入った一味は、十年ほど前、江戸市中を騒がせた穴熊一味のようです」

倉田が新十郎に身を寄せて言った。昨日、倉田は奉行所にもどった後、古株の同心の何人かに穴熊一味のことを聞き、穴熊一味にまちがいないとの確信を持ったのだ。

「なに、穴熊一味だと。そやつらは何者だ?」

思わず、新十郎の声が大きくなった。

「利根崎《とねざき》さんや狭山《さやま》さんに聞き、まちがいないと思いました」

倉田は先輩同心たちから聞いた話を新十郎に伝えた。

利根崎新八《しんぱち》は倉田と同じ定廻り同心で、狭山源次郎《げんじろう》は臨時廻り同心だった。ふたりとも年配で、町奉行所の同心として長い間捕物にかかわっている。

「穴熊一味となると、このままにしておけないな」

新十郎の顔が厳しくなった。

「倉田」

新十郎が倉田に顔をむけた。

「はい」

「同心詰所に、利根崎や根津たちを集めておいてくれ」

「心得ました」

倉田が顔をひきしめてうなずいた。

5

新十郎が同心詰所に顔を出すと、六人の同心が集まっていた。新十郎を待っていたのだ。

新十郎は羽織袴姿だった。奉行所内の与力詰所で着替えたのである。新十郎は奉行所内にいても、出歩くときは継裃を着替えることが多かった。

同心詰所に集まっていたのは、定廻りと臨時廻りの同心たちだった。

定廻り同心が、倉田佐之助、根津彦兵衛、利根崎新八、高岡《たかおか》弥《や》太郎《たろう》の四人。臨時廻りが、狭山源次郎と田上《たがみ》与四郎《よしろう》である。

町奉行所で捕物にあたるのは、捕物三廻りと呼ばれる定廻り、臨時廻り、隠密《おんみつ》廻りの同心だが、詰所に隠密廻りの姿はなかった。

隠密廻りは奉行直属の同心で、市中で起こった犯罪を他の同心といっしょに探索にあたることはまれだったのである。

「みんなに集まってもらったのは、松波屋に押し入った盗賊の件だ」

新十郎がおもむろに切り出した。

「心得てございます」

年配の利根崎が言うと、他の同心もうなずいた。

新十郎と同心詰所に集まっている六人の同心たちのことを「彦坂組」とか「鬼彦組」と呼ぶ者がいた。彦坂を中心とした特別な探索集団だった。

通常、吟味方の与力が探索にかかわることはなかった。江戸市中で起こった事件の探索にあたるのは、同心だけである。

だが、新十郎は自分がかかわった事件に疑念を持ったり、同心だけでは手を焼くような難事件のおりに、協力的な同心たちを集めてみずから探索にあたることがあった。新十郎は、事件の吟味にあたる者として、曖昧な探索を元にした吟味で科人《とがにん》を白洲《しらす》に座らせたくなかったし、疑念を抱くと同心だけに探索をまかせておけなかったのである。

そうしたことがあって、個々の同心だけでは手に負えないような難事件や江戸市中を揺るがすような大きな事件が起こると、同心たちが自発的に新十郎の許《もと》に集まり、集団で事件の解決にあたるようになったのだ。

鬼彦組の名は、鬼与力からきていた。吟味方与力は下手人の口を割るために拷問をおこなうことがあり、ならず者や遊び人などのなかに鬼与力と呼ぶ者がいた。その鬼与力と彦坂がいっしょになって、鬼彦組と呼ばれるようになったのである。

「十年ほど前、江戸を騒がせた穴熊一味だそうだな」

新十郎が声をあらためて訊いた。

「はい、押し入った手口と一味の扮装《いでたち》からみて、穴熊一味とみていいようです」

利根崎が言った。

倉田と根津が松波屋に臨場した後、現場に利根崎も姿を見せ、あらためて奉公人たちからくわしく話を聞き、丁稚のひとりが、賊のひとりを目にしていたことが分かった。目にしたといっても暗がりだったので、分かったのは賊が黒装束に身をかため、頭巾で顔を隠していたことだけである。ただ、その扮装は、十年ほど前の穴熊一味と重なったのだ。

「賊の一味は、はっきりしませんが、七人のようです」

利根崎が言い添えた。

利根崎は四十がらみで、鶴のように痩せていた。頬がこけ、顎がとがっている。しゃべると突き出した喉仏がビクビクと動く。

その風貌に似合わず、子煩悩で温和な性格だった。四人の子持ちである。下手人に対しても思いやりがあり、「仏の旦那」とも呼ばれていた。

「……十年ほど前の穴熊一味も七人だったと聞いてますが」

根津が小声で言うと、

「おれも、聞いた覚えがある」

と、田上が口をはさんだ。

「だがな、おれが耳にしている穴熊一味の頭目は、かなりの歳だと聞いてるぜ。そのころから、もう十年ほども経っている。いま歳はいくつだか分からねえが、手荒なことは無理じゃァねえのかい」

新十郎の物言いが、急に伝法《でんぼう》になった。探索にあたる同心たちもそうだが、新十郎は下手人の吟味や探索のおりに無宿者や遊び人などと接する機会が多く、気心の知れた同心たちの前では言葉遣いが乱暴になるのだ。

新十郎は、与力になってすぐに穴熊一味のことを聞いたので、確かなことは覚えていなかった。記憶に残っていることは、一味に襲われた店の手代が事情聴取にあたった同心に、頭目らしい男はかすれ声で年寄りのようだったと話したことである。その手代はたまたま厠《かわや》に行っていて、頭目らしい男が子分たちに指図する声を聞いたらしい。

「と、当時、丁稚が、声を聞いただけで、歳ははっきりしませんし……。それに、子分たちに指図するだけなら年寄りでもできますが」

狭山源次郎が、声をつまらせて言った。

狭山は人前でしゃべるのが苦手だった。ぼそぼそと独り言をつぶやいていることがあり、「つぶやき源さん」とか「ぼやきの源さん」と呼ばれている。同心としては高齢で、背がすこしまがっていた。小柄で猿のような顔をしている。

「狭山の言うとおりだ。ともかく、穴熊一味のことを頭に入れて、探ってみてくれ」

新十郎が集まった男たちに視線をまわして言った。

「承知しました」

利根崎が答えると、他の同心たちもうなずいた。

新十郎が同心詰所から出て行くと、根津や利根崎たちも腰を上げた。これから、松波屋に押し入った盗賊の探索にむかうのである。

詰所に残ったのは、倉田と高岡だった。ふたりとも、座敷に座ったまま戸惑ったような顔をしている。

「高岡、どうしたのだ」

倉田が訊いた。

「いえ、探索に出る前に、穴熊一味のことを知りたいと思ったのです。どんな一味なのか、よく知らないんです」

高岡の言葉遣いは丁寧だった。

高岡は二十代半ば、まだ定廻り同心になって二年目である。経験がすくなく、先輩の同心の指図で動くことが多かった。

「おれも、同じさ」

穴熊一味が江戸市中に出没したのは、倉田が剣術道場に通い始めたころである。

「だれか、穴熊一味のことにくわしい人はいませんかね」

「そうだ、例繰方《れいくりかた》の宮林《みやばやし》さんに訊いてみるか」

倉田が声を大きくして言った。

町奉行所には、例繰方と呼ばれる役柄があった。町奉行所でかかわった犯罪を記録、蒐集《しゅうしゅう》し、他日の参考にする。簡単にいえば事件の記録係だが、捕らえた犯罪者の口書《くちがき》がまわってくると、その罪状を先例を記した御仕置裁許帳と照らし、断罪のための書類を作成して奉行に提出する。それも、大事な仕事だった。

例繰方には与力ふたり、同心四人がいた。同心のなかには、物書同心もいる。

宮林宗一郎《そういちろう》は、例繰方の同心だった。初老で、奉行所内では過去の事件に精通していることで知られていた。

「宮林さんなら、穴熊一味のこともくわしいはずです」

高岡が、勢いよく立ち上がった。

6

例繰方の詰所は、奉行所の玄関を入ってすぐの左手にあった。倉田と高岡が詰所に行くと、座敷で三人の同心が机を前にして帳簿を繰ったり、何か書き込んだりしていた。幸い、与力の姿はなかった。

倉田は隅の席で、帳簿を繰っている宮林に近付き、

「宮林さん、お聞きしたいことがあるのですが」

と、小声で言った。他の同心の仕事の邪魔にならないように気を使ったのである。

「何かな」

宮林は手にしていた帳簿を机の上に置いて、倉田に顔をむけた。丸顔で、切れ長の細い目をしていた。額に横皺《よこじわ》が寄っている。温和そうな顔である。

「日本橋本石町の両替屋に、押し込みが入ったのを知っていますか」

倉田が丁寧な物言いで訊いた。宮林が、かなりの年上だったからである。

「松波屋の件だな」

「はい」

どうやら、宮林は事件の噂を耳にしているようだ。

「その押し込みが、穴熊一味ではないかとみられているのです」

さらに、倉田は声をひそめた。書き物をしている同心が、ちらちらと倉田たち

に目をむけていたからである。

「なに、穴熊一味だと」

宮林が目を剝《む》いて、声を上げた。

その声で、倉田たちに目をむけていた同心が手にした筆を置いた。その顔にも、驚いたような表情がある。

「それで、宮林さんに、穴熊一味のことが聞きたくて来たのです」

倉田が言うと、脇に座っていた高岡が大きくうなずいた。

「待て、おれの帳面を持ってくる」

そう言い置くと、宮林は慌てた様子で腰を上げた。

宮林は奥の小簞笥から、分厚い帳面を持ってきた。だいぶ、古い物らしく表紙はよれよれで手垢《てあか》で黒ずんでいる。

「これはな、おれだけの御用帳なのだ」

宮林は帳面を手にしたまま、ところで、同心詰所はあいているかな、と小声で訊いた。

「あいているはずですよ」

倉田たちが同心詰所を出てくるとき、だれもいなかったのだ。

「ならば、そっちで話そう」

宮林は立ち上がると、倉田たちに顔をむけている同心に近寄り、芝川《しばかわ》どの、出かけてくる、と言い置いて、例繰方の詰所を出た。

倉田たち三人が同心詰所に腰を下ろすと、

「ここなら、気兼ねなく話せるな」

宮林がそう言って、持参した分厚い帳面を膝先に置いた。

「これには、おれが例繰方の仕事を始めたころから、耳にした事件が記録してある。ただ、書き洩らした事件もあるし、噂だけを記したものもある。なにせ、北町奉行所であつかった事件だけでも膨大だからな」

そう言いながら、宮林は分厚い帳面をめくった。

「すごいな」

高岡が感心したように言った。

「ええと、穴熊一味が初めて押し入ったのは……。ここにあったぞ」

宮林はそう言って、帳面の記載に目を通していたが、

「初めて押し入ったのは、十三年前の春だな。この年、本所《ほんじょ》で大火事があり、二十数人が焼け死んだとも書いてある」

そう言って、倉田と高岡に顔をむけた。

「十三年前ですか」

「そのとき押し入ったのは、日本橋室町《むろまち》の太物問屋、大滝屋《おおたきや》だ」

「大滝屋は、いまもありますよ」

倉田は大滝屋を知っていた。室町の表通りで、土蔵造りの二階建ての店舗を構える大店である。

「穴熊一味は、大滝屋で八百七十両を奪っている」

「手口は」

「鑿と鋸を使って、大戸に人がくぐり抜けられるほどの穴をあけて侵入し、奉公人やあるじ家族を掻巻や着物を頭からかぶせて縛り上げている」

宮林が帳面の記載を見ながら言った。

「松波屋と同じだ」

高岡が声を上げた。

「それで、だれか殺《あや》めてますか」

倉田が訊いた。

「いや、穴熊一味は奉公人にもあるじ家族にも手を出してないな。……当時、穴熊一味は殺しはしないと評判だったぞ」

宮林は、待て、待て、と言って、帳面をめくり、何度かめくる手をとめて書かれた記録に目をとめていた。

「穴熊一味は十三年前の春から、三年ほどの間に六軒に押し入っている。半年に一度ほどだな。……ここに、市井《しせい》の評判はすこぶるよし、と書いてある。穴熊一味は、盗みはすれども人は殺めず、みごとな手口で金だけを奪って風のように逃げ去る小気味良さから、ひそかに喝采をおくる者がいたようだな」

宮林が苦笑いを浮かべて言った。

「根津さんから、穴熊一味は薬種問屋に押し入り、逃げだそうとした娘を刺し殺したと聞きましたが」

倉田が言った。

「その事件も、ここに書いてある」

宮林はひらいた帳面に目を落としていたが、

「最後に押し入ったのは、日本橋十軒店《じっけんだな》本石町の薬種問屋、有田屋《ありたや》だ。二階に、あるじの槙右衛門《まきえもん》一家が寝ていたらしい。その寝間に一味が踏み込み、いつものように掻巻《かいまき》をかぶせた上で縛り上げようとした。ところが、七つになるきくという娘が、急に大声で泣き出し、寝間から飛び出そうとした。すると、近くにいた賊のひとりが、咄嗟《とっさ》に匕首《あいくち》で娘を刺し殺してしまった」

と、記載を読むように話した。

「一味は刀や脇差を持っていなかったのですか」

倉田が訊いた。

「そのようだ。……殺しはしないという気持ちがあったからだろうな。それに、二本差しはいなかったようだ」

「その後、穴熊一味は姿を消してしまったとか」

さらに、倉田が訊いた。

「そのとおり。……有田屋に入った後、穴熊一味はぷっつりと姿を消してしまった」

宮林によると、南北の奉行所は総力を挙げて穴熊一味を探ったが、ひとりもお縄にできなかったという。

「穴熊一味は娘を殺したことを悔やみ、盗人の足を洗ったのではないかとみる者もいたがな」

宮林が、つぶやくような声で言い添えた。

「その穴熊一味が、また姿を見せたということですか」

倉田がきびしい顔をして言った。

「十年の間に、盗み取った金を遣い果たしたのかもしれんな。……ただ、当時から穴熊一味の頭《かしら》は、高齢らしいとの噂があったのだ。それが事実なら、十年も経ったいまになって、また押し込みに入るかな」

宮林の顔に、腑《ふ》に落ちないような表情が浮いている。

7

倉田と高岡は、礼を言って同心詰所から宮林を送り出した後、それぞれの小者を連れて北町奉行所の門を出た。ふたりは手分けして、宮林の話に出た大滝屋と有田屋に行き、事件の様子を聞いてみることにしたのだ。

北町奉行所は、呉服橋内にあった。倉田たちは呉服橋を渡り、賑やかな町筋を通って日本橋のたもとに出た。そのまま橋を渡って賑やかな奥州街道を北にむかえば、大滝屋のある室町はすぐだった。一方、有田屋のある十軒店本石町は室町の先である。

日本橋を渡ったところで、

「宮林さんは、たいしたものですね」

高岡が感心したように言った。

「おれたちにとっては、頼りになるひとだ。それにしても、あれだけくわしく記録しているひとは、宮林さんの他にはいないのではないかな」

倉田も、宮林には頭が下がった。

そんなやり取りをしているうちに、ふたりは室町に入った。

「あれが、大滝屋だ」

倉田が、通り沿いの店を指差した。土蔵造りの二階建てで、太物問屋の大店らしい間口のひろい店だった。

「大滝屋は、わたしが行きます」

高岡が言った。

「ならば、おれは有田屋か」

倉田は、大滝屋の前で高岡と別れた。

有田屋は、表通りから脇道に入ってすぐのところにあった。立て看板に「薬種、有田屋」と記している。二階建ての大店である。

倉田は小者の利助に台所にまわるように話してから店の暖簾《のれん》をくぐった。

正面に売り場があり、衝立《ついたて》の向こうで、奉公人たちが薬研《やげん》や茶臼《ちゃうす》を使って薬種を刻んだり、粉末にしたりしていた。店内に薬種の匂いがただよっている。

左手に帳場があった。帳場格子の向こうで、番頭らしい男が筆を手にして帳面に何やら書いている。

倉田が入って行くと、売り場にいた手代らしい男が慌てた様子で近付いてきて、

「どのような、ご用でしょうか」

と、顔をこわばらせて訊いた。倉田は八丁堀同心とすぐ分かる身装《みなり》で来ていたので、何事かと思ったようだ。

「あるじの槙右衛門はいるかな」

倉田は、槙右衛門に直《じか》に会って訊くのが早いと踏んだのだ。

「おりますが……」

男は戸惑うような顔をした。

「むかしのことで、訊きたいことがあるのだ。なに、すんだことなので、店に厄介はかけないはずだ」

倉田は、穴熊一味のことを口にしなかった。奉公人に話しても仕方がないと思

ったのである。

「お待ちください」

男はそう言い残し、慌てた様子で帳場にいる番頭のそばにいった。

番頭はすぐに腰を上げ、倉田に近付いて来ると、

「番頭の嘉蔵《よしぞう》でございます。どうぞ、お上がりになってくださいまし。すぐに、あるじを呼びますので」

嘉蔵は揉み手をしながら言った。五十がらみと思われる小柄な男だった。

嘉蔵は、倉田を帳場の奥にある座敷に連れていった。そこは、得意先との商談や上客に薬種を売るおりに使われる座敷らしく、座布団や莨盆《たばこぼん》などが用意されていた。

倉田が座敷に腰を下ろしていっとき待つと、障子があいて初老の男が顔をだした。長身瘦軀で、すこし背がまがっていた。鼻梁《びりょう》が高く、頰骨が突き出ている。

男は倉田と対座すると、

「あるじの槙右衛門でございます」

と、名乗った。

「北町奉行所《きたまちぶぎょうしょ》の倉田佐之助だ」

「どのようなご用件でございましょうか」

槙右衛門の顔に不安そうな色が浮いた。無理もない。突然、八丁堀同心が店に来て、訊きたいことがある、と言えば、たいがいの者は不安になるはずである。

「いや、十年ほども前のことでな。……思い出したくもないことだろうが」

倉田がそう言うと、槙右衛門の顔が曇った。倉田が何を訊きにきたか、察知したようである。

「あるじにしても、穴熊一味をこのままにしておきたくはねえだろう」

倉田はくだけた物言いをした。

「は、はい……」

槙右衛門が、無念そうな顔をしてうなずいた。

「松波屋に押し入った賊のことを聞いているな」

本石町は、有田屋のある十軒店本石町の近くである。当然、松波屋に押し入った盗賊の話は槙右衛門の耳にも入っているだろう。

「は、はい」

槙右衛門がうなずいた。

「その押し込みが、穴熊一味らしいのだ」

倉田が声をひそめて言った。

「まことでございますか」

槙右衛門が驚いたような顔をして訊いた。

「まだ、はっきりしたことは分からないが、穴熊一味らしい」

「……！」

「それでな。十年前のことを話してもらいたいのだ。穴熊一味を探る手がかりになればと思ってな」

「ですが、あのとき、てまえも奉公人たちも、いきなり頭から掻巻や着物をかぶせられまして、何も見ていないのです」

「娘が殺されたそうだな」

倉田が声をあらためて訊いた。

「は、はい……。娘のきくは母親が縛られるのを目にしたらしく、急に泣き出して部屋から逃げようとしたのです」

槙右衛門が声を震わせて話したことによると、障子のそばにいた賊のひとりが、いきなり匕首を抜いて娘を突き刺したという。

「おまえ、それを見たのか」

「娘が刺されたところは見ませんでしたが、賊のひとりが匕首を手にしたところは見ました。その後、すぐに掻巻をかぶせられてしまって……」

槙右衛門によると、きくの悲鳴が掻巻越しに聞こえたという。

「かわいそうなことをしたな。……そのとき、他のことは耳にしなかったかい」

倉田がしんみりした口調で訊いた。

「トメ、なんてことしやがる、と賊のひとりが、叫んだのを聞きました」

槙右衛門が言った。

「トメか。そいつが、娘を刺した男かもしれねえな」

ただ、トメだけでは、留蔵か、留吉か、留助か……、まったく分からない。

「他には？」

「お、親分、すまねえ、という声が聞こえました」

「トメ、と叫んだ男が、親分のようだな。……その声を覚えてるかい」

「かすれ声でした。かなりの歳のように思いましたが……」

槙右衛門は語尾を濁した。はっきりしないのだろう。

「ほかに、覚えていることは」

倉田は、賊の頭がかすれ声で年寄りらしいことは聞いていた。

「後は何も……。翌朝、縄をとかれるまで二階の寝間に転がされていて、何も見聞きしていませんもので……」

そう言って、槙右衛門が視線を膝先に落とした。

「ところで、奪われた金はどこにあったのだ」

「内蔵です」

「内蔵の鍵は、どうした」

鍵はしまってあったはずである。

「嘉蔵が帳場に連れ出され、鍵を出さなければ殺すと脅されたそうです」

槙右衛門によると、番頭部屋に押し入ってきた賊は番頭の嘉蔵を縛り上げ、目隠しした上で帳場に連れ出したという。

「松波屋と同じだ。それで、番頭はどうした」

松波屋の番頭は、内蔵の鍵をあけた後、斬り殺されている。

「押し込み一味は金を内蔵から運び出した後、嘉蔵を帳場の柱にくくりつけて逃げたのです。嘉蔵はずっと目隠しされたままで、何も見てないようですが、賊は七人いたらしいと言ってました」

槙右衛門が言った。

「七人か」

倉田は穴熊一味が七人らしいことも聞いていた。奉公人たちを縛り上げるには、それぐらいの人数がいなければ無理だろう。

倉田が黙考していると、

「倉田さま」

槙右衛門が思いつめたような顔をして言った。

「お願いです。穴熊一味を捕らえて、きつく罰してください。このままでは、殺されたきくが浮かばれません」

「何としても、穴熊一味は捕らえる」

倉田は顔をひきしめて言った。

第二章　百化《ひゃくば》け

1

「旦那さま、旦那さま」

障子の向こうで、新十郎を呼ぶ青山の声が聞こえた。何かあったらしく、ひどく慌てている。

新十郎はそろそろ出仕の支度をしようと思い、部屋を出ようとしていたところだった。

「どうした」

「高岡さまが、みえてます」

「高岡がか」

新十郎が聞き返した。特別な事件のおりには、倉田が知らせに来ることがあるが、高岡が来るのはめずらしかった。もっとも、高岡も八丁堀の組屋敷に住んでいるので、驚くようなことではなかった。

「は、はい」

青山が障子の向こうで答えた。

「何の用だ」

「旦那さまに、お知らせすることがあるそうでして。玄関でお待ちです」

「分かった」

新十郎は障子をあけて廊下に出た。

玄関まで行くと、高岡が荒い息を吐きながら立っていた。顔が紅潮し、汗がひかっている。だいぶ、急いで来たらしい。

高岡は黄八丈の小袖を着流し、巻羽織という八丁堀ふうの格好をしていた。奉行所に出仕する途中だったようだ。

「どうした、高岡」

「お、音羽町《おとわちょう》の、信濃屋《しなのや》に押し込みが入りました」

高岡が声をつまらせて言った。

「なに、音羽町の信濃屋だと！」

思わず、新十郎は声を上げた。信濃屋のことは、よく知っていた。

音羽町は八丁堀から近く、楓川《もみじがわ》の対岸に位置していた。北町奉行所のある呉服橋からも近く、新十郎は奉行所の行き帰りに信濃屋のある通りを使うこともあった。

信濃屋は呉服屋である。それほど大きな店ではないが、品揃えが多いことで知られ、母親のふねも反物を買いに行くことがある。

「はい、それが穴熊一味のようです」

高岡が昂《たかぶ》った声で言った。

「穴熊一味か」

……舐《な》めている！

と、新十郎は思った。北町奉行所の鼻先である。しかも、町奉行所の同心や与力の住む八丁堀のすぐ近くなのだ。穴熊一味は、町奉行所をみくびっているとしか思えなかった。

「それで、倉田たちは」

新十郎が訊いた。

「信濃屋に行っています」

高岡が口早にしゃべったことによると、倉田をはじめ鬼彦組の同心が何人か信濃屋へ行っているそうだ。

事件の現場を見た倉田は、穴熊一味の仕業だと察知したらしく、高岡に新十郎に知らせるよう指示した。高岡は、すぐに信濃屋を出て八丁堀に駆けもどったという。

「分かった。おれも、すぐ行く」

新十郎は高岡を玄関先に待たせ、急いで座敷にもどった。小袖に角帯だけで、出歩くわけにはいかなかったのだ。

新十郎が座敷に入るとすぐ、ふねが顔を出した。

「新十郎、何事ですか」

ふねが、こわばった顔で訊いた。どこかで、新十郎と高岡のやり取りを聞いていたのかもしれない。

「大事が出来《しゅったい》しました。母上、羽織と袴をお願いします」

新十郎は羽織袴姿で信濃屋に行くことにした。押し込みの入った店に、継裃で立ち寄るわけにはいかない。

「お、おまえ、御番所には行かないのかい」

ふねが、目をつり上げて訊いた。

「御番所は後です。ともかく、急がねば」

新十郎が声を大きくして言った。

「でも……」

ふねは迷うように視線を揺らした。

「母上、早く。北町奉行所の鼻先で、大事が起こったのです。遅れたら、それがしの顔が立ちません」

新十郎は、信濃屋に押し込みが入ったことは口にしなかった。話すと、ふねが様子を見に出かけるかもしれない。

「わ、分かりました。すぐに、支度を」

ふねは慌てた様子で座敷から出て行き、乱れ箱に羽織袴を入れて持ってきた。

玄関へ出ると、高岡と青山が待っていた。

「それがしも、お供いたします」

青山が厳しい顔をして言った。

「勝手にしろ!」

新十郎は高岡と青山を従え、足早に音羽町にむかった。

信濃屋の店先には人だかりができていた。ぼてふり、職人、商家の奉公人らしい男などが目についたが、岡っ引きや町方同心の姿も多かった。八丁堀が近かったので、事件を聞いて駆け付けたのだろう。

信濃屋の大戸はしまっていたが、わきの一枚だけがあいていた。そこから出入りしているらしい。

「田上さんです」

高岡が、新十郎に身を寄せて言った。

戸口の隅に、田上が立っていた。こちらに目をむけている。新十郎を待っていたのかもしれない。

田上は三十代半ばで、面長で眉が濃く、眼光がするどかった。剽悍《ひょうかん》そうな面構えをしている。

「前をあけろ、彦坂さまだ」

田上が戸口にいた岡っ引きたちに声をかけると、慌てた様子で身を引いた。何人かの顔に、驚きと畏怖の色があった。新十郎が、鬼彦組をひきいている与力だと知っているのだろう。

新十郎は、田上につづいて信濃屋の敷居をまたいだ。店のなかは薄暗かった。

土間や畳敷きの売り場に、大勢の男たちがいた。二十人ちかいだろうか。

信濃屋の奉公人と岡っ引きたちに混じって、何人かの町方同心の姿もあった。田上と高岡の他に、倉田と根津も来ている。鬼彦組ではないが、北町奉行所の定廻り同心の安木《やすき》達次郎《たつじろう》と臨時廻りの荒船繁之丞《あらふねしげのじょう》の姿もあった。それに、南町奉行所の同心もふたり来ていた。いずれも、八丁堀の組屋敷から駆け付けたのであろう。

新十郎が売り場に近付くと、男たちは慌てて左右に身を引いた。男たちの間から、「彦坂さまだ」「鬼彦組の頭だぞ」などというささやきが聞こえた。その場にいる同心たちのなかには、苦虫を嚙み潰しているような顔をしている者もいた。鬼彦組に反感をもっている同心もいるのである。

倉田と根津は、売り場の隅に屈んでいた。ふたりの膝先に、横たわっている人影が見えた。死んでいるようだ。

倉田と根津は、検屍をしているらしい。

2

新十郎は倉田と根津に近付き、ふたりの足元に横たわっている男に目をむけた。

男は寝間着姿である。

男は畳の上に仰臥《ぎょうが》していた。両眼を瞠《みひら》いたまま死んでいる。その目が薄闇のなかで白く浮き上がったように見えた。寝間着の両襟がひらき、胸と腹があらわになっていた。首筋から胸にかけて、どす黒い血に染まっている。

「押し込みに殺されたのか」

新十郎が訊いた。

「はい、番頭の宗蔵《むねぞう》です」

倉田が言った。根津は、ちいさくうなずいただけである。

「刀傷のようだな」

横たわっている宗蔵は、肩から胸にかけて袈裟に斬られていた。見事な太刀筋である。下手人は遣い手のようだ。

「松波屋の番頭と同じ傷です。下手人は同じとみていいようです」

「まちがいありません。大戸にも、松波屋と同じような穴がありました」

そう答えたのは、根津だった。

「それで、殺されたのは番頭ひとりか」

「いえ、もうひとり、手代が殺されました」

倉田が新十郎を見上げて言った。

「なに、手代も殺されたのか」

「はい、内蔵の前で死んでいました」

見てみますか、と倉田が言って、立ち上がった。

新十郎は倉田について、帳場の脇の廊下から奥にむかった。

廊下の突き当たりに内蔵があった。観音扉が、ひらいたままになっている。内蔵があけられ、金が運び出されたのであろう。

その扉の手前に、男がひとり横たわっていた。若い男だった。横臥《おうが》して、両足をくの字にまげている。男の胸のあたりがどす黒い血に染まり、床板にも血が飛び散っていた。

「この死骸《ほとけ》は、胸を刺されたようだな」

「穴熊一味か」

横たわっている男の胸部に、刃物で刺された痕があった。血も胸部から飛び散っている。

「匕首で、刺したのかもしれません」

倉田が言った。

「番頭を斬った者とは、別人か」

帳場に横たわっている番頭は、刀で斬られていた。手代は、匕首を持った者に刺されたのであろう。

下手人は町人だろうが、殺し慣れた者かもしれない。胸の一突きで、手代を仕留めている。

「ところで、この男の名は」

新十郎が訊いた。

「与之吉《よのきち》です」

「与之吉は内蔵をあけさせられた後、殺されたのだろう」

「内蔵から千両箱が運び出されたようです」

倉田が小声で言った。

「穴熊一味は、金を奪った上にふたりも殺したのか」

凶悪である。人を殺《あや》めないことで評判だった穴熊一味も、十年前とは様変わりしたようだ。

「それで、他の奉公人やあるじの家族は、無事なのか」

「はい、殺されたのはふたりだけのようです。まだ、くわしい話は聞いていませんが、他の者は松波屋と同じように、寝間にあった掻巻や着物をかぶせられて縛られたようです」

倉田が言った。

それから、新十郎は倉田の先導で大戸にあけられた穴を見たり、手代から話を聞いたりした後、

「おれは、先に御番所に行くぞ」

倉田にそう伝えて、店を出た。後は、倉田たちにまかせようと思ったのである。

新十郎は賑やかな町筋を呉服橋に向かいながら、

……はたして、穴熊一味なのか。

と、思った。

信濃屋に押し入った賊は、ためらわずに番頭と手代を殺しているように感じられた。残虐である。十年ほど前に、江戸市中を荒らした穴熊一味とは、まるで違

うような気がしたのだ。それに、穴熊と呼ばれる大戸の板を切り取って侵入する手口も、奉公人やあるじ家族を寝間にある掻巻や着物を頭からかぶせて縛り上げる方法も、当時巷《ちまた》の噂になっていたので、穴熊一味でなくとも真似ることはできる。

さらに、十年ほど前の穴熊一味はたてつづけに店に押し入るようなことはしなかった。半年ほど経ってから、次の店を襲っていたはずだ。半年の間に、狙った店のことを探ってから犯行におよんだにちがいない。慎重である。

ところが、今度の賊は、松波屋を襲ってから一月も経たないうちに信濃屋に押し入っている。下調べも、十分ではないはずだ。

……穴熊一味と決め付けない方がいいな。

新十郎は胸の内でつぶやいた。

その日、信濃屋に出向いた倉田たちが奉行所にもどってきたのは、陽が西の空にまわってからだった。

さっそく、新十郎は倉田たちを同心詰所に集めて、その後の様子を聞いた。倉田たちによると、信濃屋の奉公人や家族から話を聞いた後、付近に散って聞き込みをしたという。穴熊一味が押し入ったのは夜中だが、楓川近くには料理屋や飲み屋などもあったので遅くまで起きていた者がいるのではないかと踏んだのだ。

さっそく、倉田が、

「夜鷹《よたか》そばの親爺《おやじ》が楓川沿いの道を歩いていて、夜盗らしい連中を目にしたのです」

と、切り出した。

「それで?」

新十郎は先をうながした。

「黒ずくめの連中は、七人いたようです。なかに、ふたり、袴姿で二刀を帯びた者がいたそうです」

「武士か」

「はい、穴熊一味に武士がいるとみていいようです。……七人は、南にむかったようですが、闇が深く、一味の姿はすぐに見えなくなったそうです」

「盗賊一味は七人で、なかに武士らしい男がふたりいたのだな」

新十郎が念を押した。

「はい」

「十年ほど前の穴熊一味には、武士はいなかったはずだ」

新十郎が言った。

「そのことは、それがしも耳にしています」

田上が言うと、

「あらたに、仲間にくわわったのかもしれません」

と、利根崎が言い添えた。

次に口をひらく者がなく、座敷が沈黙につつまれたとき、

「他にも、気になることがあるのだがな」

新十郎が低い声で言った。

新十郎は松波屋と信濃屋に押し入った盗賊が、十年ほど前の穴熊一味と比べてひどく残忍であることやたてつづけに大店に押し入っていることなどを話した後、

「十年ほど前の穴熊一味と決め付けない方がいいのではないかな」

と、小声で言った。

「それがしも、そう思います。……十年ほど前の穴熊一味は、金は盗むが、人は殺めないという情けを持ってました。ところが、今度の一味は平気で人を手にかけている。他人を思いやる情がない」

利根崎が、怒りの色をあらわにして言った。利根崎は「仏の旦那」と呼ばれる

ほど情に厚く、その分、犯罪への憎しみも人一倍強かった。それで、松波屋と信濃屋に押し入った盗賊の残忍さに、強い怒りを覚えたのであろう。

「利根崎の言うとおりだ」

新十郎が、さらにつづけた。

「それでな、探索の場をひろげてほしいのだ。十年ほど前の穴熊一味のことを頭に置いた上で、これまでの押し込み一味の探索と同じように、賭場や岡場所などにも当たってみてくれ」

強請《ゆす》りや盗みなどで大金を手にした者は、博奕《ばくち》や女などに金を使うことが多い。しかも、七人もいれば、そのなかに賭場や岡場所などで金を使う者がいるはずである。

「承知しました」

利根崎が答えると、他の五人も顔をひきしめてうなずいた。

3

新十郎が与力詰所にいると、年番方与力の浅井《あさい》文左衛門《ぶんざえもん》がそばに寄ってきて、

「彦坂、話があるのだが、いいかな」

と、声をかけた。

浅井は還暦にちかい老齢だった。鬢《びん》や髷《まげ》には白髪が混じり、額には幾筋もの横皺がよっている。おだやかな人柄で、いつも静かな声でしゃべる。北町奉行所内での浅井の人望は厚く、悪く言う者はあまりいなかった。

南北の奉行所には、年番方与力がそれぞれ三人ずついて、浅井はそのなかのひとりだった。他のふたりは、千島仙十郎《ちしませんじゅうろう》と神川松之助《かみかわまつのすけ》である。

年番方与力は、与力のなかで奉行所内のことを熟知している最古参の者が務めることになっていた。与力が昇進できる最高の役柄で、奉行でさえ年番方与力に頼らなければ、職務が果たせないほどの存在だった。仕事は奉行所内の取り締まり、金銭の保管と出納《すいとう》、与力の監督、同心の任免などである。

「はい」

浅井に声をかけられた新十郎は、すぐに立ち上がった。

浅井が新十郎を連れていったのは、年番方与力の詰所だった。千島と神川の姿はなかった。浅井はふたりがいないのを見て、新十郎を呼んだのかもしれない。

新十郎が浅井の前に膝を折ると、

「どうだ、松波屋と信濃屋に押し入った賊の目星はついたか」

と、おだやかな声で訊いた。

浅井は市中で起こる事件のことを話題にすることはあまりなかったが、浅井の方から訊いてきた。それだけ、此度《こたび》の事件は奉行所内の関心が高いのだろう。

「いえ、まだ、何も分かっておりません」

夜盗が信濃屋に押し入って五日経っていたが、一味を手繰《たぐ》る手掛かりはまだ何もつかんでいなかった。

「賊は、穴熊一味だそうだな」

浅井が訊いた。奉行所内では、穴熊一味とみる者が多かったのだ。

「そのようですが、まだはっきりしません」

新十郎は曖昧な物言いをした。まだ、断定的なことは言えなかったのである。

「彦坂は、信濃屋が襲われた翌朝、現場に出かけていろいろ調べたそうだな」

浅井の顔を憂慮の翳《かげ》がおおった。

「はい……」

新十郎はまずいと思った。犯罪の探索にあたるのは、定廻り、臨時廻り、隠密廻りの捕物三廻りと呼ばれる同心のみである。吟味方与力の仕事ではなく、役柄を無視した行為とそしられても仕方がない。

「吟味方与力が探索に歩きまわっては示しがつかぬし、捕物にかかわる三廻りの者が気兼ねして、まともに探索もできぬと言う者がいてな」

「……」

新十郎は視線を膝先に落とした。

「わしは、そう思っているわけではないぞ……。わしから、彦坂に話してくれと言われたのだ」

浅井が戸惑うような顔をした。

「浅井さま、此度の件は、十年ほど前に江戸中を騒がせた穴熊一味の仕業とみなされています。また、取り逃がすようなことにでもなれば、町奉行所の顔はつぶれますし、お上のご威光にも疵《きず》がつきます。それゆえ、何とか捕らえたいと存念し、出過ぎた真似とは承知しておりますが、同心たちの探索にくわわった次第です。……そう、お奉行に申し上げてもらえませんか」

新十郎が言った。

北町奉行は、榊原主計頭忠之《さかきばらかずえのかみただゆき》だった。榊原が北町奉行に就任して十年余が経つ。当然、穴熊一味のことは知っているはずである。十年ほど前に、穴熊一味を捕らえられなかったことを無念に思っているだろう。おそらく、榊原は新十郎が穴熊一味の探索に乗り出すことを認めてくれるはずだ。それに、榊原は新十郎が鬼彦組と呼ばれる同心たちを率いて探索にあたることも承知しているのだ。

「お奉行から話があったわけではない。別の者だ」

浅井が急に声をひそめた。

「だれです？」

「千島仙十郎どのだ」

浅井が渋い顔をした。

「千島さま」

千島は、北町奉行所内で浅井と二分する勢力を持っていた。もっとも、浅井は己の威勢を誇示するようなことはなかったので、浅井と表立っての対立はなかった。

千島は浅井より二歳年下で、浅井についで年番方与力になった。浅井の次席ではあったが、千島の縁者に幕府の重臣がいることもあって、奉行所の与力や同心のなかに千島に取り入ろうとしている者がすくなくなかった。

「三坂《みさか》から、千島どのに話があったらしい」

浅井が小声で言い添えた。

三坂甚九郎《じんくろう》は、自死した牧原弥七郎《まきはらやしちろう》の後釜で、牧原の従弟《いとこ》にあたる。養生所見廻りの与力だったが牧原の死後、吟味方与力になったのである。三坂は彦坂を牧原の敵《かたき》とみて憎んでいた。

「三坂どのから……」

浅井がなぜ新十郎に探索から手を引くよう忠告したのか、その裏が見えたような気がした。三坂が千島に働きかけたにちがいない。三坂も吟味方与力で、新十郎と敵対することが多かった。これまでも、ことあるごとに新十郎や鬼彦組を批判し、誹謗《ひぼう》中傷してきたのだ。

おそらく、信濃屋で顔を合わせた臨時廻りの荒船が、三坂に新十郎のことを話したにちがいない。荒船は牧原に追従していた同心のひとりで、いまは三坂に従うことが多かった。

「彦坂」

浅井が声をあらためて言った。

「わしは、彦坂が穴熊一味の探索にあたっていることを非難しているわけではないぞ。むしろ、鬼彦組の者たちが総出で探索にあたってほしいと思っているのだ。

わしは、なんとしても、穴熊一味を北町奉行所《きた》の手で捕らえたいのだ。おそらく、お奉行もわしと同じ思いであろう」

「………」

新十郎は顔を上げて浅井を見つめた。

「だがな、千島どのや三坂の言い分にも一理ある。吟味方与力が同心といっしょに探索にあたっていては、役柄にしたがって仕事をしている者たちに対して示しがつかなくなることも事実だ」

「いかさま」

浅井の言うとおりである。

「吟味方与力の仕事をないがしろにしてはならぬ」

「は、はい」

「彦坂、目立たぬように動いたらどうだ」

浅井が顔をやわらげて言った。

「……！」

「どうしても、奉行所から出て探索にあたりたいときは、下手人の口書の裏を取るためとでもしておけばいいではないか」

浅井の目にやさしいひかりがあった。

「お心遣い、かたじけのうございます」

思わず、新十郎は浅井に頭を下げた。浅井の心遣いが嬉しかったのである。

4

「旦那、どこから見ても遊び人ですぜ」

稲六《とうろく》が、田上の姿を見て言った。稲六は田上が手札を渡している岡っ引きである。

田上は、棒縞の小袖を裾高に尻っ端折《ぱしょ》りしていた。髷も髪結いに頼んで、八丁堀ふうの小銀杏髷《こいちょうまげ》ではなく、小洒落《こじゃれ》た町人ふうに変えてある。

田上は遊び人に身を変えて、穴熊一味のことを探るつもりでいた。遊び人、地まわり、無宿人などは、岡っ引きや町方同心と分かると仲間のことを口にしなくなる。田上は遊び人や地まわりなどにあたるつもりだったので、変装して町方同心と分からないようにしたのである。

町方同心のなかで隠密廻りの場合は、変装して探索にあたることがあった。ただ、定廻りや臨時廻り同心が、変装までして聞き込みにあたることはまれであろう。

田上をよく知る者のなかに「百化《ひゃくば》けの旦那」とか「変化《へんげ》の旦那」とかひそかに呼ぶ者がいた。田上は、必要と思えば変装して探索にあたったからである。

ただ、田上も滅多に変装しなかったので、知っているのは奉行所の同心や与力のなかでも鬼彦組の者ぐらいかもしれない。

「稲六、旦那と呼んだら、おれが八丁堀だと知れちまうぜ」

田上が苦笑いを浮かべて言った。物言いまで、遊び人ふうになっている。

「ちげえねえ。しばらく与助《よすけ》兄いと呼ばせていただきやす」

稲六が首をすくめながら言った。与助の名は、与四郎という田上の名から思いついたらしい。

稲六は二十代半ば、面長で切れ長の目をしていた。小柄で痩身だが、敏捷《びんしょう》そうな体付きをしている。稲六も、遊び人ふうの格好をしていた。

「与助か。いい名だ」

そんなやり取りをしながら、ふたりは八丁堀から日本橋川沿いの道に出て、大川にむかって歩いた。永代橋《えいたいばし》を渡って深川へ行くつもりだった。

　ふたりは永代橋を渡ると、大川沿いの道を川上にむかった。その辺りは、深川佐賀町である。

「旦那、おっと、与助兄いだった。……与助兄い、油堀沿いを行った先ですぜ」

　稲六が、前方の橋を指差して言った。

　油堀にかかる下ノ橋だった。田上たちは、油堀沿いにひろがっている堀川町に行くつもりだった。

　稲六は深川を縄張りにしている岡っ引きだった。堀川町に万蔵《まんぞう》という男が貸元をしている賭場があると聞き込んで、田上に知らせたのである。

　田上は賭場の近くで遊び人や地まわりなどをつかまえ、ちかごろ賭場で大金を賭けるようになった男がいないか聞き出すことにした。穴熊一味とつながるかどうか分からなかったが、根気よくやってみるしか手はない。

　田上は下ノ橋を渡って右手におれ、油堀沿いの道に入ったところで、

「まだ、すこし早《はえ》えなァ」

　と、西の空に目をやって言った。

　七ツ（午後四時）前ではあるまいか。陽は西の空に沈みかけていたが、まだ秋の陽射しが掘割の水面《みなも》や道筋を照らしていた。風のない静かな日で、油堀の水面

がにぶくひかっている。

　場所にもよるが、賭場がひらくのは暮れ六ツ（午後六時）ちかくなってからであろう。

「兄い、賭場の近くに一膳めし屋がありやしてね。そこに、博奕好きの連中が顔を出すようですぜ」

歩きながら、稲六が言った。

「その店で、話を聞く手もあるな」

「へい」

ふたりは、堀川町に入っていた。前方に油堀にかかる千鳥橋が見えている。

「旦那、先に賭場を見ておきやすか」

稲六が小声で言った。

「そうしよう」

稲六は千鳥橋の手前まで来ると、

「こっちでさァ」

と言って、左手の細い路地に入った。

小店や表長屋などがつづいていたが、二町ほど歩くと、空き地や仕舞屋《しもたや》などが目につくようになった。

「兄い、笹藪《ささやぶ》の先にある家が賭場ですぜ」

稲六が小声で言った。

板塀をめぐらせた妾宅《しょうたく》ふうの家だった。路地からすこし入ったところにある。賭場にはいい場所だ、と田上は思った。寂しい路地で、隣家からすこし離れている。通りかかった者も、賭場とは気付かないだろう。

田上と稲六は、すこし歩調をゆるめただけで仕舞屋の前を通り過ぎた。家のなかから、かすかな男の声が聞こえてきたが、ひっそりしていた。まだ賭場はひらいてないらしい。

ふたりは、路地をたどって油堀沿いの道にもどった。

千鳥橋のたもとまで来ると、稲六が、

「あの店が、一膳めし屋ですぜ」

と言って、縄暖簾を出した店を指差した。

思ったより、大きな店だった。盛えているらしく、男たちの哄笑《こうしょう》や濁声《だみごえ》などが聞こえてきた。

「おれたちも、一杯やるか」

田上は、歩きまわって喉が渇いていた。

「へい」

すぐに、稲六が応えた。

土間に並べられた飯台に十人ほどの男が腰を下ろして、酒を飲んだり、飯を食ったりしていた。界隈《かいわい》に住む職人、日傭取《ひようと》り、船頭、ぼてふり……。そんな連中らしい。客のなかに、遊び人ふうの男がふたりいた。飯台を前にして、ふたりで酒を飲んでいる。

「あの隅がいいな」

田上は、遊び人ふうの男のいる脇の飯台があいているのを目にとめた。ふたりの話が、聞き取れそうである。

田上と稲六はあいている飯台を前にして腰を下ろすと、注文を訊きにきた小女《こおんな》に酒と肴《さかな》を頼んだ。肴は、炙《あぶ》ったするめと漬物である。

ふたりの遊び人ふうの男は田上たちがそばに腰を下ろすと、急に話をやめ、仏頂面して手酌で飲み始めた。田上たちのことを警戒しているようである。

田上と稲六はちびちびやりながら、「ちかごろ、目が出ねえ」「まァ、ほどほどにしねえとな」「兄いは、このところ読みがいいようで」などと言葉を交わし、それとなく博奕好きを匂わした。遊び人ふうのふたりの警戒心を解こうと思ったのである。

いっときすると、隣のふたりも話し出した。田上と稲六を、自分たちと似たような男と思ったのだろう。ふたりは、女郎の話をしているようだった。

稲六が頃合を見計らい、銚子を手にして立ち上がると、

「兄い、ちょいとすまねえ」

と、隣の男に声をかけた。

「なんでえ」

男のひとりが、猪口《ちょこ》を手にしたまま稲六に顔をむけた。陽に灼《や》けた赭《あか》ら顔の三十がらみの男である。睨むような目で稲六を見すえている。

「兄いを、ちょいと見かけやしてね。……万蔵親分のところで」

稲六が、男の耳元に顔を近付けて小声で言った。

「そうかい」

男は稲六の顔を見ながら首をひねった。見覚えがないのだろう。ただ、そのやり取りで、男が万蔵の賭場に出入りしていることが知れた。

「あっしは、六助《ろくすけ》ってえけちなやろうでしてね。……お近付きのしるしに、一杯《いっぺえ》

やってくだせえ」

稲六は、腰をかがめながら銚子を男の前に差し出した。稲六はなかなかの役者だった。岡っ引きらしさは、まったく見せない。むろん、六助は偽名である。

「すまねえな」

男は、猪口を前に出した。顔がほころんでいる。兄い、と呼ばれ、持ち上げられたので悪い気はしなかったようだ。

「おれは、元造《もとぞう》だ」

そう名乗って、男は猪口をかたむけた。

「そちらの兄いも、一杯やってくだせえ」

稲六は、元造の脇に腰を下ろしている男にも酒をついでやった。

ほっそりした二十歳そこそこと思われる男で、喧嘩でもしたのか顎のところに刃物で斬られたような傷があった。男は、島吉《しまきち》と名乗った。

それからいっときすると、田上たちと元造たちはだいぶ打ち解け、酒をつぎ合って飲みながら女郎屋や博奕の話などをするようになった。

「ところで、おふたりは耳にしてやすかい」

田上が切り出した。

「なんのことだい」

元造と島吉が、田上に顔をむけた。

「ちかごろ、万蔵親分のところで、でけえ勝負をするやつがいると聞いたのよ」

田上は、賭場で金遣いの荒いやつを聞き出そうとしたのだ。

「なんてえ名だい」

「名は聞いてねえが、一晩で十両、二十両の勝負をすると聞いたぜ」

「さてな。……島吉、おめえわかるかい」

元造が、島吉に目をやって訊いた。

「助次郎《すけじろう》のことじゃァねえかい。……やつは、一度に五両、六両の大勝負をすると聞いたことがあるぜ」

「でけえ勝負なら、助次郎だな」

元造がうなずいた。

「その助次郎ってやつは、万蔵親分のところにはよく来るのかい。話には聞いたが、おれは、そいつの顔を拝んだことがねえのよ」

田上は、助次郎を洗ってみようと思った。

「ちかごろは、見ねえなァ。河岸《かし》を変えたんじゃァねえかい。もっと、でけえ勝負のできるところにな」

元造は賭場という言葉を口にしなかった。他の客に気を使っているのだろう。

「そんな河岸があるのかい」

「おれは行ったことはねえが、熊井町らしいや」

「熊井町な」

深川熊井町は、永代橋より南の大川端沿いにひろがっている。

「親分はなんてえ名だい」

「知らねえ。おれは、行ったことがねえしな」

元造が言うと、島吉もうなずいた。

それから、田上はそれとなく助次郎の塒《ねぐら》も訊いたが、元造たちは知らなかった。

田上は、元造たちの酒代も払って一膳めし屋を出た。今後も、元造たちに訊くことがあるかもしれないと思い、てなずけておいたのである。

油堀沿いの道は淡い夕闇に染まっていた。辺りに人影はなく、道沿いの店は表戸をしめて、ひっそりと静まっている。風があり、堀の水面が波立って汀《みぎわ》に打ち寄せ、バシャバシャと音をたてていた。

「旦那、あっしが助次郎の塒をつきとめやすぜ」

稲六が目をひからせて言った。腕利きの岡っ引きらしいひきしまった顔をしている。

「頼むぜ」

田上は、稲六にまかせようと思った。

5

陽射しは強かったが、浜町堀の水面を渡ってきた風には秋の深まりを感じさせる冷気があった。岸際に繁茂している芒《すすき》や葦《あし》も枯れかかっている。

八ツ半(午後三時)ごろだった。倉田は岡っ引きの駒造と下っ引きの浜吉《はまきち》を連れて浜町堀沿いの道を歩いていた。

浜吉は浅黒い顔をした男で、歳はまだ十八、九だった。駒造が使っている下っ引きである。

浜吉は伊助《いすけ》という岡っ引きの手先だったが、伊助が事件にまきこまれて死んだ後、駒造の下っ引きになったのだ。

倉田たちは、浅草に向かって歩いていた。浅草寺界隈の遊女屋にあたり、ちかごろ大金を使う遊び人や牢人はいないか聞き込むのである。

倉田たちの足は重かった。すでに、倉田たちは十日ほどかけて、岡場所で知られた深川の富ヶ岡八幡宮界隈、上野の山裾にひろがる山下、浅草寺界隈などをあたったが、穴熊一味につながるような男は出てこなかった。浅草寺界隈に足を運ぶのも、今日で三日目である。

「八丁堀の旦那方はみんな、躍起《やっき》になって穴熊一味を追ってるようですぜ」

歩きながら駒造が言った。

「なんとしても、一味をお縄にしねえと、八丁堀の顔がたたねえからな」

倉田は、鬼彦組だけでなく荒船や安木も手先を動員して穴熊一味を追っていることを知っていた。

「南町《みなみ》奉行所の旦那方も動いてるようですぜ。一昨日《おととい》、茶屋町で見かけやした」

浅草茶屋町は、浅草寺の門前にひろがる繁華街である。

「南町《みなみ》奉行所の連中も、おれたちと同じさ。……穴熊一味をお縄にできねえと、顔が立たねえ」

「岡場所を探っている御用聞きも多いようだが、何も出てこねえようですぜ」

駒造が、渋い顔をして言った。

「他に、何か手繰る糸があればな」

倉田は、これ以上岡場所や飲み屋などをあたっても穴熊一味の尻尾《しっぽ》はつかめないような気がしていた。

「旦那、手を替えやすか」

駒造が言った。

「いい手があるか」

「蛇の道は蛇でさァ。盗人のことは盗人に訊けば、何か出てくるかもしれやせんぜ」

「盗人から穴熊一味のことを訊くのか」

「盗人といっちゃァまずいな。八丁堀の旦那としては、見逃せねえでしょうからね。そいつは、盗人のことをよく知ってるんでさァ。むかし、盗人連中とそいつは付き合いがありやしてね」

駒造がまわりくどい言い方をした。

「穴熊一味のことが知れるなら、むかしのことをとやかく言うつもりはねえよ」

駒造が口にした男が盗人かどうかはともかく、真っ当な男ではないような気がしたが、駒造にまかせようと思った。

「ただ、旦那の格好じゃァ、そいつも会わねえだろうな」

駒造が、倉田の身拵《みごしら》えを見ながら言った。倉田は、巻羽織に着流しという八丁堀ふうの格好で来ていたのである。

「羽織は脱いでもいいぜ」

倉田は羽織の紐に手を伸ばした。ここは、駒造にまかせようと思ったのだ。

「旦那、もうしわけねえ」

駒造は照れたような顔をして首をすくめた。

倉田は羽織を脱いで折りたたむと、小袖の襟をひらいて腹を巻くように入れた。すこし腹がふくれたが、そう思って見なければ、何か入っているとは思わないだろう。

「髷もこのままじゃァまずいな」

そう言うと、倉田は懐から手ぬぐいを取り出して、頬っかむりをした。八丁堀ふうの小銀杏髷《こいちょうまげ》を隠したのである。

「こうすりゃァ、道楽者の若旦那か遊び人に見えるだろう」

倉田の顔に笑いが浮いた。たまには身装《みなり》を変えて、聞き込みにまわるのも悪くないと思ったのだ。

「旦那、若旦那が刀を差してるのはおかしいや」

浜吉が茶化すように言った。

「そうだが、刀を捨てるわけにはいかねえな」

「旦那、店に入る前に浜吉に預けたらどうです。浜吉は外で待たせやすよ」

駒造が言った。

「何の店だ」

「古着屋でさァ」

駒造によると、その古着屋は本所横網町《よこあみちょう》にあるそうだ。

倉田たちは、そんなやり取りをしながら浜町堀沿いの道から奥州街道に出て、両国方面に足をむけた。

賑やかな両国広小路の人混みのなかを抜け、両国橋を渡って本所へ出た。それから、本所元町を東に向かい、回向院《えこういん》の裏手を左にまがった。

「旦那、この辺りが横網町ですぜ」

道沿いに町家がつづいていた。通りの先に、御竹蔵が見えてきた。享保のころまでは竹や材木などの蔵だったが、いまは本所御蔵と呼ばれ、米蔵として使われている。

駒造は右手の細い路地に入ると、

「古着屋はこの先でさァ」

と言って、すこし足を速めた。

そこは、八百屋、魚屋、舂米屋《つきごめや》などの小体《こてい》な店がつづく路地だった。ぽつぽつと人影があったが、町人がほとんどである。

「あの店でさァ」

駒造が路傍に足をとめて斜向《はすむ》かいにある店を指差した。

店先につるした古着が風に揺れていた。小体な古い店である。

「浜吉、その木陰で待っていてくれ」

そう言って、駒造が路傍の欅《けやき》を指差した。太い欅が枝葉を茂らせ木陰をつくっていた。葉は茶色がかっているが、落葉はまだらしい。

「浜吉、刀を頼むぜ」

倉田は刀を鞘ごと抜いて浜吉に手渡した。

「へい」

浜吉は、刀を両手で大事そうに持って欅の木陰にむかった。

6

古着屋のなかは薄暗かった。土間に横木を渡し、そこに色褪《いろあ》せた着物や継ぎ当てのある着物がぶら下げてある。澱《よど》んだような空気のなかに、黴《かび》の臭いがした。

土間の先に狭い畳敷きの間があり、小柄な男がひとり座っていた。老齢らしい。鬢や髷は真っ白だった。眠っているらしく、男は船を漕いでいた。

「おい、とっつァん」

駒造が、男の前に立って声をかけた。

ビクッ、と体を揺らし、男が顔を上げた。驚いたような顔をして、前に立った駒造を見つめている。

「峰吉《みねきち》、おれだ、駒造だよ」

駒造が声を大きくして言った。どうやら、峰吉という名らしい。

「なんでえ、駒造か」

そう言うと、峰吉が両手を突き上げて大欠伸《おおあくび》をした。大きくあけた口から、乱《らん》杭歯《ぐいば》が覗いている。

口をとじたとき、峰吉は駒造の脇に立っている倉田に気付き、

「おめえさんは」

と、訊いた。皺だらけの顔に、警戒するような表情が浮いた。上目遣いに倉田を見ている。心底を探るような目である。

「こいつは、おれの手先だ」

駒造が慌てて言った。顔が困惑したようにゆがんだ。倉田のことを手先と口にしたからであろう。だが、駒造はすぐに表情を消した。

「倉吉《くらきち》といいやす」

倉田は咄嗟《とっさ》に頭に浮かんだ偽名を口にした。

駒造の様子がおかしかったが、表情を変えなかった。いかにも手先らしく、駒造の脇に殊勝な顔をして立っている。

「それで、おれに何の用だい。……まさか、ふたりして古着を買いに来たわけじゃァねえだろう」

「ちょいと、聞きてえことがあってな」

駒造はそう言うと、懐《ふところ》から巾着を取り出し、波銭を何枚かつまんで、古着を買うより、この方がいいだろう、と言って峰吉の手に握らせた。

「すまねえなァ。それで、何を聞きてえ」

峰吉が銭を握りしめたまま訊いた。顔に笑みを浮かべたようだが、暗がりのせいか、笑顔というより顔の横皺が増えただけのように見えた。

「腰を下ろさせてもらうぜ」

そう言うと、駒造は上がり框《がまち》に腰を下ろした。

倉田も、駒造の脇に膝を折った。峰吉と顔を突き合わせているより、この方が話しやすい。

「とっつァん、松波屋と信濃屋に入った押し込みのことを聞いてるかい」

駒造が声をあらためて切り出した。

「ああ、噂はな」

峰吉が低い声で言った。顔がひきしまり、横皺が減っている。薄闇のなかで、双眸《そうぼう》が底びかりしていた。老いてはいたが、凄みを秘めた顔である。

……こいつは、ただの古着屋じゃァねえ。

と、倉田は思った。

「その押し込みだが、手口が穴熊とそっくりなのよ」

駒造の声も低くなった。

「そうかい」

「とっつァんは、穴熊だと思うかい」

「さあな。……噂を耳にしたんだがよ。松波屋と信濃屋で、ひとを殺《あや》めてるそうじゃァねえか」

そう言って、峰吉が駒造に目をむけた。

「ああ、松波屋でひとり、信濃屋でふたり殺している」

「それなら、穴熊じゃァねえよ。穴熊なら、ひとを殺めねえはずだ」

「……」

駒造は膝先に視線をむけたまま黙っている。

「これも、噂を耳にしたんだがな。松波屋と信濃屋で殺されたやつは、刀で斬られたそうじゃァねえか」

「刀だよ」

「やっぱり、穴熊じゃァねえ。穴熊の連中は、刀も脇差も持たねえと聞いてるぜ。十年ほど前《めえ》、押し入った先の娘を殺《や》ったのも、匕首だったはずだ。それも、娘が逃げようとしたんで、まちがえて殺っちまったようだぜ」

峰吉が低い声でつづけた。

「それによ、穴熊のなかに二本差しはいねえんだ。……だからよ、松波屋と信濃屋に押し入ったのは穴熊じゃァねえぜ」

峰吉が断定するように言った。

倉田は駒造と峰吉のやり取りを聞きながら、

……峰吉は、穴熊のことをよく知っている。

と、思った。当時、穴熊一味の噂を聞いただけではないだろう。峰吉が穴熊一味とまでは思えないが、穴熊一味のことを知っている者から耳にしたのかもしれない。

それに、倉田は峰吉の言うとおり、松波屋と信濃屋に押し入った一味は穴熊ではないような気がしてきた。

「とっつァんの言うとおり、穴熊じゃァねえかもしれねえ。だがよ、あれから十年も経ってるからなァ。穴熊の子分たちが二本差しを仲間にくわえて、またぞろ動き出したのかもしれねえぜ」

駒造が言った。

「子分なら、やるかもしれねえなァ」

峰吉がつぶやくような声で言った。

「子分のことは、知らねえのかい」

そう言って、駒造が峰吉に顔をむけた。

「噂を聞いただけだが、ひとりだけ知ってるぜ」

「そいつはなんてえ名だい」

「益造《ますぞう》だ。……だがよ、名はあてにできねえぜ。いまは、そのころの名を使っちゃァいねえだろうよ」

「ところで、益造の塒《ねぐら》は知るめえな」

駒造が峰吉に身を寄せて訊いた。

「塒は知らねえが、情婦《いろ》がいたところは知ってるぜ。もっとも、十年ほども前の話だ。いまはどうなってるか、知らねえな」

「情婦は、どこにいたんだい」

駒造が訊いた。

「おとよという女でな、元町で小料理屋をやってると聞いたがな。いまは、そこにいねえんじゃァねえかな」

本所元町は、両国橋の東の橋詰近くにひろがっている賑やかな町である。

「なんてえ店だい」

「たしか、もみじ屋だったな」

「もみじ屋な」

それから、駒造は穴熊の頭目や他の子分たちのことも訊いたが、峰吉は何もしゃべらなかった。それ以上のことは知らないのか、知っていても話さないのか、はっきりしなかった。

倉田と駒造が腰を上げ、店から出ようとしたとき、

「親分、今度の押し込みは、穴熊じゃァねえよ」

峰吉が念を押すように言った。

「そのうち、はっきりさせるさ」

そう言い置いて、倉田と駒造は古着屋を出ると、浜吉のいる欅の方に足をむけた。

「駒造、峰吉は何者だ」

倉田は浜吉から刀を受けとると、あらためて訊いた。

「古着屋の親爺でさァ」

「どうみても、ただの古着屋じゃァねえ。あの男、穴熊一味とかかわりがあったんじゃァねえのか」

倉田が言った。

「旦那、峰吉は、あの古着屋を二十年ちかくもやってるんですぜ。穴熊一味が店屋に押し入ったのは、十年ほど前《めえ》のことだ。……そのころも、あっしは峰吉から話を聞いてやすからねえ」

「それにしちゃァ、あの親爺、穴熊一味のことをよく知ってるじゃァねえか」

「峰吉は、若《わけ》えころ盗人連中と付き合いがあったんでさァ。それで、いまでも脛《すね》に疵《きず》を持つやつらが、古着を買いにきて噂話をしてるらしいんで」

駒造が声をひそめて言った。

「まァ、いい。むかしのことを、とやかく言うつもりはねえからな」

峰吉は若いころ盗人だったのではないか、と倉田は思った。ただ、峰吉が盗人だったとしても、倉田が幼子だったころの話である。

……見逃してやろう。

と、倉田は思った。いまの倉田には、遠いむかしの旧悪を探るような余裕はなかったし、峰吉から得る情報は、これからの探索にも役立つだろう。

7

「駒造、もみじ屋を探してみるか」

倉田が回向院の裏手の道を歩きながら言った。

「へい」

「今日は、店を探すだけになりそうだがな」

陽は西の家並の向こうに沈みかけていた。あと小半刻《こはんとき》（三十分）もすれば、暮れ六ッの鐘が鳴るだろう。今日のところは、もみじ屋を探すだけで、およのことまでは探れないはずだ。

「そうしやしょう」

倉田たち三人は、元町の通りを両国橋の方へ向かって歩きながら、目についた店に立ち寄って話を聞いてみた。

三軒目の酒屋の親爺が、もみじ屋のことを知っていた。

「二年ほど前《めえ》に、もみじ屋はつぶれちまいやしたよ」

親爺によると、もみじ屋は改築されて、そば屋になっているそうだ。

「もみじ屋に、おとよという女がいたはずだが、知ってるかい」

倉田が訊いた。

「おとよさんなら知ってやすよ」

「知ってるか」

「へい」

「おとよは、いまどこにいる」

倉田は、おとよに聞けば、益造の居所が知れるのではないかと思った。

「長屋でさァ。おとよさん、もみじ屋がつぶれる前に、磯吉《いそきち》ってえ手間賃稼ぎの大工といっしょになりやしてね。甚兵衛店《じんべえだな》に住んでやすぜ」

親爺によると、甚兵衛店は竪川《たてかわ》にかかる一ッ目橋近くにあるという。

……磯吉は、益造とは別人だろう。

と、倉田は思った。

益造が手間賃稼ぎの大工をしているはずはないし、おとよとふたりで長屋暮らしをしているとも思えなかったのである。

「邪魔したな」

倉田たちは酒屋を出た足で、一ッ目橋近くへ行った。竪川沿いの店屋で聞くと、甚兵衛店はすぐに分かった。竪川沿いの道からすこし入ったところにある古い棟割り長屋だった。長屋の路地木戸から出てきた女房らしい女に訊くと、おとよという女はいるという。亭主の名は、磯吉とのことだった。

「まちがいない。おとよは、この長屋で暮らしているようだ」

倉田が言った。

「旦那、どうしやす。おとよに話を聞いてみやすか」

「明日にしよう。もう亭主が帰っているだろう」

すでに、辺りは夕闇に染まっていた。長屋に踏み込んでおとよに話を聞くのは遅すぎる。それに、おとよも亭主の前で、むかしの情夫のことを話すわけにはいかないだろう。

倉田たち三人はそれぞれの家に帰り、明日出直すことにした。

翌日、倉田は北町奉行所に出仕した後、巡視の道筋を通って日本橋川にかかる江戸橋のたもとで駒造たちと顔を合わせた。ふだんの巡視のおりにも、駒造と浜吉は江戸橋のたもとで倉田を待っていることが多かった。

「旦那、このまま元町へ行きやすか」

駒造が訊いた。

「そのつもりだ」

おとよの亭主は、仕事に出かけているはずだった。おとよに話を聞くには、いいころである。

三人は米河岸のある入堀沿いの道を通り、奥州街道に出て両国橋にむかった。薄曇りだった。陽射しがないせいか、風が冷たく感じられた。町筋を行き来する人々も、身をちぢめるようにして足早に通り過ぎていく。

倉田たちは賑やかな両国広小路を抜け、両国橋を渡って本所元町に出た。甚兵衛店に入る路地木戸の前まで来ると、

「おとよの家はどこにあるか、あっしが訊いてきやしょう」

と、駒造が言った。

「そうしてくれ」

長屋に踏み込んで聞きまわるより、前もっておとよの家が分かれば長屋の住人の目を引かずにすむだろう。

駒造は倉田と浜吉をその場に残し、小走りに路地木戸をくぐった。

倉田と浜吉が路傍に立っていっとき待つと、駒造がもどってきた。

「旦那、おとよは家にいやすぜ」

駒造によると、井戸端にいた長屋の女房におとよの家を訊くと、すぐに教えてくれたという。

駒造は家の前を通り過ぎるとき、戸口の腰高障子の破れ目からなかを覗いて見た。すると、土間の流し場ちかくに女の姿が見えた。ほかに人影はなかったので、亭主はいないようだという。

「よし、行ってみよう」

倉田は駒造につづいて、路地木戸をくぐった。

長屋の女房らしい女がふたり、井戸端で洗濯をしていた。ふたりは入ってきた倉田を見ると、盥《たらい》につっ込んだ手をとめたまま驚いたような顔をした。倉田が八丁堀同心ふうの格好をしていたからであろう。

「旦那、こっちで」

駒造が先導した。

おとよの住む家は、井戸から二棟目のとっつきだった。腰高障子の前に立つと、土間の脇で水を使う音がした。流し場で洗い物でもしているらしい。

「ごめんよ」

駒造が声をかけて腰高障子をあけた。

流し場に立って洗い物をしていた女が振り返り、顔をひき攣《つ》ったようにゆがめた。倉田の身装《みなり》を見て、八丁堀同心と分かったからだろう。岡っ引きならともかく、八丁堀同心がいきなり長屋に踏み込んでくるなど滅多にないことである。

「驚かしちまったようだな。なに、てえしたことじゃァねえんだ」

倉田は穏やかな声で言った。

「な、なんの、用でしょうか」

おとよが声を震わせて訊いた。

大年増《おおどしま》だった。倉田を見て血の気が失《う》せたせいか、ひどくやつれた感じがした。着ている物も粗末である。小料理屋の女将《おかみ》をやっていたようには見えなかった。

「腰を下ろさせてもらうぜ」

倉田はそう言って、上がり框に腰を下ろした。駒造と浜吉も倉田の脇に膝をおり、腰高障子の方に顔をむけた。

おとよは、身を硬くしたまま流し場の前につっ立っている。

「ちょいと、訊きてえことがあってな。おめえが、もみじ屋の女将をやってたころのことだ」

倉田が切り出した。

「……」

おとよは濡れた手を握りしめ、不安そうな目を倉田にむけていた。

「益造を知ってるな」

「……」

おとよは口をつぐんだままである。

「益造とは、いまもつづいてるのかい」

倉田はかまわず訊いた。

「わ、別れました。三年も前に……」

おとよが声を震わせて言った。

「縁が切れたのかい」

「は、はい、あの男《ひと》とは、もみじ屋がつぶれてから会ってません」

おとよが声を強くした。

「そうかい。おれたちが知りたいのは、益造のことでな。縁が切れてるなら、おめえには何のかかわりもねえ」

「……」

おとよの顔のこわばった表情が、いくぶんやわらいだ。いまの自分にはかかわりがないと思ったのだろう。

「だがな、おめえがしらをきるようなら、番屋に来てもらうことになるぜ」

「は、話します」

おとよが、慌てた様子で言った。

「益造の生業《なりわい》は？」

「わ、分かりません。あの男《ひと》、いつも遊んでいるようでした」

「金は持ってたんじゃァねえのか」

「はい、巾着に小判が何枚も入っていることがありました」

「小判がな」

倉田は、押し込みで手にした金だろうと思った。

「益造だが、塒は分かるかい」

「もみじ屋に来ていたころは、深川の六間堀町《ろっけんぼりちょう》に住んでいると聞きました」

「長屋か」

「はい、……店《たな》の名は忘れましたが、六間堀沿いだと聞いたような気がします」

六間堀は竪川と小名木川《おなぎがわ》を南北につないでいる。

倉田が駒造に目をやると、それだけ分かりゃァ、探せますぜ、と小声で言った。

「ところで、益造だが仲間がいなかったか。もみじ屋にも連れてきたことがあるんじゃァねえかな」

益造が穴熊一味なら、何人もの仲間がいたはずである。

「何度か、遊び仲間を店に連れてきたことがあります」

おとよが言った。隠す様子は、まったくなかった。

「連れてきたのは、ひとりかい」

「ひとりのときと、ふたりのときがありました」

「ふたりの名が分かるかい」

倉田が身を乗り出すようにして訊いた。

「ひとりは、半助《はんすけ》さん」

「半助な。もうひとりは」

倉田は半助という名に覚えはなかった。

「もうひとりは、たしか、留五郎《とめごろう》さんだったと思うけど」

「留五郎……」

そのとき、倉田の脳裏に、有田屋の槙右衛門が口にした言葉がよぎった。槙右衛門は、押し込みのひとりが有田屋の娘を突き殺したとき、トメ、なんてことしやがる、と叫んだ声を聞いていた。

……トメは、留五郎のことか！

倉田は、留五郎にちがいないと思った。とすれば、留五郎は十年ほど前に有田屋に押し入った穴熊一味のひとりということになる。しかも、留五郎は有田屋の娘を匕首で突き殺した男である。

倉田は、益造と半助も穴熊一味にちがいないと確信した。

「留五郎のことで、何か覚えていることがあるかい」

倉田が訊いた。

「しゃがれ声だったけど……」

おとよは語尾を濁した。はっきりした記憶ではないのかもしれない。

それから、倉田は半助と留五郎の居所を訊いたが、おとよは知らなかった。さらに、益造、半助、留五郎の三人の年格好や人相も訊いておいた。これからの探索に役立つと思ったのである。

「邪魔したな。また、何か訊きに来ることがあるかもしれねえ」

倉田がそう言い置いて腰を上げたとき、

「八丁堀の旦那、益造さんは何か悪いことをしたんですか」

おとよが訊いた。

「悪いことをしたかどうか、それを調べてるところよ」

「十日ほど前も、益造さんのことを訊きにきたひとがいるんです」

おとよが、倉田に目をむけて言った。

「八丁堀か」

「ちがいます。年寄りで、小店の旦那ふうのひとでしたけど……」

「小店の旦那ふうだと」

倉田は脇に立っている駒造に目をやった。岡っ引きではないかと思ったのである。

「この界隈に、そんな御用聞きはいねえはずでさァ。それにまだ、だれも益造やおとよのことは知らねえはずですがね。あっしには、だれなのか見当もつきませんや」

駒造が首をひねった。

「おとよ、その男の名を聞いたかい」

「いえ、聞きませんでした」

「今度、顔を見せたら名を聞いておいてくれ」

そう言い置いて、倉田は腰高障子をあけて外へ出た。

外は夕暮れ時のように薄暗かった。いつの間にか、厚い雲が空をおおっている。

倉田の胸に、おとよが口にした小店の旦那ふうの年寄りのことがひっかかっていた。

……そのうちに、見えてくるだろうよ。

倉田はつぶやき、路地木戸の方に足早に歩きだした。駒造と浜吉が、慌てた様子で跟《つ》いていく。

第三章 仲間割れ

1

彦坂新十郎は北町奉行所に出仕すると、同心詰所に立ち寄り、なかにいた高岡と根津に彦坂組の同心たちを集めておくよう指示した。

そして、与力詰所に入り、継裃を羽織に着替えてから、ふたたび同心詰所に足を運んだ。詰所には、高岡と根津の他に倉田と狭山の姿もあったが、利根崎と田上はまだだった。出仕の途中、何か探っているのかもしれない。

「そろうまで、待とう」

新十郎は座敷の隅に腰を下ろした。

それから、小半刻(三十分)ほどすると、利根崎と田上が姿を見せた。ふたりは新十郎を目にすると、慌てた様子で座敷に膝を折り、手先と会って報告を聞いたり、探索の指図をしていたことなどを口にした。

新十郎は同心たちがそろったところで、

「このあたりで、探索の様子を聞いておこうと思ってな」

と、切り出した。

新十郎は鬼彦組として事件の探索に乗り出すと、ときどき六人の同心を集め、それぞれが探ったことを知らせ合わせるようにしていた。探索の進展を共有した上で、鬼彦組として今後どう探索を進めていくか決めるのである。

これが、集団で探索にあたる鬼彦組の強味だった。町方同心は、事件が起こると自分の手先を使ってひとりで探索にあたることが多い。だが、個々の同心が勝手に探っていると、同じ筋を探ったり、余分な探りを入れて下手人に気付かれて逃げられたりする。それに、集団で事件にあたれば、手柄もひとりだけでなくみんなのものになるので、功名を立てるために焦って墓穴を掘るようなこともなくなるのだ。

「これまで、探って知れたことを話してくれ」

新十郎が一同に視線をまわして言った。

「まず、それがしから」

田上が口火を切った。

「いま、助次郎という男を追っています」

田上は、助次郎がちかごろ賭場で大金を使ったことや牢人とつるんで深川の岡場所に出入りしていることなどを話した。

田上は岡っ引きの稲六に、堀川町界隈で聞き込みをやらせ、助次郎と牢人のかかわりをつかんだという。

「牢人の名は分かったのか」

「繁田《しげた》登兵衛《とうべえ》とのことです」

「繁田か」

新十郎はその場にいる同心たちに目をやり、どうだ、繁田という名に覚えがあるか、と訊いた。

「聞いた覚えはありませんが」

利根崎が言うと、他の四人もちいさくうなずいた。

「それで、助次郎と繁田の塒はつかんでいるのか」

新十郎が声をあらためて訊いた。

「助次郎の塒は分かりました」

田上によると、助次郎は深川万年町《まんねんちょう》の裏店に独りで暮らしているという。繁田の塒は、まだ分からないそうだ。

田上は口にしなかったが、稲六がその後の探索で助次郎の塒をつきとめたのだ。庄右衛門店《しょうえもんだな》という棟割り長屋である。

「それで、どうするな」

新十郎が田上に訊いた。

「もうすこし、助次郎を洗ってみます。まだ、穴熊一味かどうかはっきりしませんし、繁田の塒もつかんでませんから」

「そうしてくれ」

新十郎も、まだ助次郎を捕縛するのは早いと思った。

「他に何か知れたか」

新十郎が、一同に視線をまわして訊いた。

「では、それがしから」

倉田が、益造、半助、留五郎の名を出し、

「三人とも、穴熊一味のようです」

と、言い添えた。

新十郎をはじめその場に居合わせた同心たちの視線が倉田に集まった。だれもが、驚いたような顔をしている。倉田が三人もの名を出し、穴熊一味らしいとはっきり言ったからである。

「どうして、穴熊一味と知れたのだ」

新十郎が訊いた。

「留五郎です。十年ほど前、有田屋の娘のきくが穴熊一味に殺されていますが、そのときあるじの槙右衛門が、トメ、なんてことしやがる、という仲間の声を聞いています。そのトメが、留五郎ではないかとみています」

「そうか！　留五郎を、トメと呼んだのだな」

新十郎が声を大きくして言った。

「留五郎は十年ほど前の穴熊一味のひとりとみていますが、益造と半助は新たにくわわった仲間かもしれません。益造はともかく半助はいま二十四、五らしいので、すこし若過ぎる気がします」

倉田はおとよの名を口にしなかったが、おとよから益造と半助の年格好を聞いていたのだ。益造は四十がらみとのことだったので、十年前は三十歳ごろということになる。

「たしかに、若いな。十年ほど前となると、半助という男は、十四、五だからな」

「ともかく、十年ほど前の穴熊一味と今度の一味が、同じ者たちとみない方がいいと思います。……歳のこともありますが、十年ほど前の穴熊一味と比べて今度の一味は、あまりに残忍です。すでに、三人も殺しています」

倉田はこれまでの聞き込みで、十年ほど前の穴熊一味は刀も脇差も持っていなかったし、二本差しもいなかったと分かっていたが、そのことは口にしなかった。峰吉が、表に出ないように気を使ったのである。それに、新十郎や他の同心も、そのことは気付いているはずである。

「いずれにしろ、だいぶ、様子が知れてきたではないか」

新十郎があらためて、助次郎、繁田登兵衛、益造、半助、留五郎の名を上げた。まだ、穴熊一味と断定できないが、五人の名が浮かんだのである。

一同が口をつぐみ、座敷が沈黙につつまれたとき、

「ひ、彦坂さま……」

と、狭山が声をつまらせて言った。顔が赭黒く染まっている。

狭山は人前でしゃべるとき、言葉がつかえることがあるのだ。

「なんだ、狭山」

「き、北町奉行《きた》所だけでなく、南町奉行《みなみ》所の連中も、岡場所や吉原、それに、料理屋の多い柳橋や浅草寺界隈に出向き、女と酒の筋を洗っているようです」

「そうだろうな」

「ところが、穴熊一味にかかわるような話が出てきた節がない。……いっそのこと、遊び人や地まわり、それに徒牢人など、穴熊一味のことを知っていそうなやつらを別の罪状で捕らえて、話を聞き出したらどうですかね」

狭山が言った。

「それも手だが、下手をすると取り違えということになるぞ」

「博奕なり喧嘩なりの咎《とが》で、お縄にできるやつだけ捕らえれば、取り違えの心配はなくなります」

狭山の物言いがなめらかになってきた。顔付きもひきしまり、目には強いひかりが宿っている。

「それは、狭山に頼むか」

「心得ました」

狭山がうなずいた。

それから、新十郎は根津、高岡、利根崎には、これまでの探索をつづけるよう指示した。

話が一段落したところで、

「おれからも、みんなに言っておきたいことがある」

新十郎が声をあらためて言った。

「定廻りの者は、巡視地域にも目を配ってくれ。探索で巡視がおろそかになっているときに、何かあると定廻りの者が責められるからな」

「彦坂さま、何か都合の悪いことがありましたか」

倉田が訊いた。

「いや、ない。……だが、北町奉行所《きた》も南町奉行所《みなみ》も、穴熊一味を挙げるために躍起になっている。こんなときこそ、大事が起こりがちだからな」

新十郎はそう言ったが、年番方与力の浅井に、奉行所内で鬼彦組の者は市中巡視をやらずに探索だけにかかりっきりになっている、と言い立てる者がいると耳打ちされていたのである。

新十郎は、だれが言い立てているか見当はついていた。年番方与力の千島と吟味方与力の三坂、それにふたりに与《くみ》する何人かの同心であろう。

千島たちはともかく、このようなときに市中巡視がおろそかになり何か起これば、その地域を担当している定廻り同心が責められることは、まちがいないのだ。

「分かりました」

倉田が言うと、定廻りの高岡、根津、利根崎の三人も顔をひきしめてうなずいた。

2

田上はいつものように組屋敷の縁先で髪結いを終えると、居間にもどった。八丁堀同心の多くが、毎朝、まわり髪結に月代をあたらせてから出仕しているのだ。

そのとき、廊下を慌ただしそうに歩く足音がし、障子があいて、妻のしげが顔を出した。

「旦那さま、稲六が来ています」

しげが、田上の顔を見るなり言った。

しげは色白でほっそりしていた。すでに、ふたりの子を産んでいたが、まだ女らしい色香は残っている。

田上の家は四人家族だった。田上、妻のしげ、嫡男で六つになる竜之助《たつのすけ》、四つの長女のやえである。竜之助とやえは奥の座敷にいるらしく、ふたりの笑い声が聞こえてきた。ふたりで、遊んでいるようだ。

「何の用かな」

めずらしいことだった。稲六は、あまり八丁堀の組屋敷には顔を出さなかったのだ。

田上は、すぐに戸口に足をむけた。

稲六は田上の顔を見るなり、

「旦那、助次郎が死にやした」

と、顔をこわばらせて言った。

「なに、死んだと！」

田上は息を呑んだ。思いもしなかったことだった。

「へい、長屋で死んでいやす」

稲六が早口にしゃべったことによると、稲六はここ三日ほど助次郎の跡を尾《つ》けていたという。助次郎が繁田と顔を合わせるのを待って、繁田の跡を尾け塒をつきとめようとしたのである。

ところが、昨日、助次郎は長屋から姿を見せなかった。夕方になって、稲六は助次郎の家の前まで行き腰高障子の隙間から覗いたが、なかは暗くひとのいる気配がなかった。

「そんときは、留守だと思いやしてね。そのまま帰ったんでさァ。……ですが、どうも気になりやしてね。今朝、暗いうちに万年町まで行ってみたんでさァ」

すると、助次郎の家の戸口に長屋の者が何人か集まっていて、助次郎が死んでいることを知ったという。

「殺されたのか」

田上が訊いた。

「それが、はっきりしねえんでさァ」

稲六は、家に入って助次郎の死体を見たという。

助次郎は小袖姿だったが、座敷で掻巻をかけたまま横になっていた。どこにも血の色はなかったし、刃物の傷痕もなかった。

座敷のなかほどに、貧乏徳利と湯飲みが置いてあった。助次郎は昨夜ひとりで酒を飲んだ後、そのまま掻巻をかぶって眠ってしまったように見えた。

「集まっていたやつらに、昨夜の様子を訊いたんですがね。悲鳴や騒ぎの音を聞いた者はいねえんでさァ」

「うむ……」

ともかく万年町に行ってみよう、と田上は思った。

身支度をととのえ、しげに送られて戸口から出たとき、田上は稲六がどうやって八丁堀まで来たのか不思議に思った。暗いうちとはいえ、深川万年町で助次郎の死体を見た後、八丁堀に駆け付けるにはそれなりの時間がかかるはずだ。

「稲六、どうやってここへ来たのだ」

田上が訊いた。

「猪牙舟《ちょき》でさァ」

稲六によると、助次郎の住む庄右衛門店は仙台堀沿いの近くにあり、桟橋に舫《もや》ってある舟を借りて南茅場町《みなみかやばちょう》まで来たという。

仙台堀から大川に出て日本橋川を遡《さかのぼ》れば、南茅場町までそれほどの時間はかからない。南茅場町から町方同心の組屋敷のある八丁堀はすぐである。

「そういえば、おまえ、船頭をしてたことがあったな」

田上は、稲六が岡っ引きになる前、船宿の船頭をしていたことを思い出した。

舟を漕ぐのは、御手の物なのだろう。

「へい、まだ猪牙舟は大番屋の裏手にとめてありやすから、旦那を万年町までお送りしやすよ」

稲六が歩きながら言った。

南茅場町の大番屋は、日本橋川の岸近くにあった。稲六は大番屋の裏手に桟橋があるのを知っていたのだ。

通りに出て、南茅場町の方へ足をむけたとき、田上は、助次郎の死が病死か他殺かまだはっきりしていないことを思い出した。稲六の話では、助次郎に他殺を思わせる外傷はなかったようだが、病死とも思えない。

……屍視《おろくみ》の旦那の手を借りるか。

田上は、根津を連れていって検屍をしてもらおうと思った。根津なら死因はむろんのこと、殺しなら使われた凶器や薬物まで見抜くはずである。

それに、根津の住む組屋敷は南茅場町に行く途中にあった。

田上が根津の家に立ち寄ると、根津はちょうど家から出るところだった。

根津は田上から話を聞くと、

「おれも、万年町へ行こう」

と言って、同行することになった。

田上と根津は稲六の漕ぐ舟に乗って日本橋川を下り、大川に出た。そして、大川を遡って永代橋をくぐり、仙台堀に入った。

仙台堀をしばらく東に進むと前方に海辺橋が見えてきた。橋の近くまで来ると、

「猪牙舟《ちょき》を着けやすぜ」

と、稲六が声をかけ、水押しを右手の桟橋にむけた。岸沿いに町家がひろがっている辺りが、万年町である。

三人は舟から下りると、

「こっちでさァ」

と稲六が言って、先に立った。

庄右衛門店は、仙台堀沿いの道から細い路地に入ったところにあった。古い棟割り長屋である。

路地木戸を入ると突き当たりに井戸があり、その先の棟の前に人だかりができていた。長屋の住人たちが集まっている。

「そこが、やつの家でさァ」

稲六が人だかりを指差して言った。

3

「八丁堀の旦那だぞ」

「ふたりも来た」

そんな声が人だかりから聞こえ、集まっている長屋の住人たちが慌てて戸口から身を引いた。男たちだけでなく、女房、子供、年寄りなども集まっていた。いずれも、不安と好奇心の入り交じったような顔をして田上と根津に目をむけている。

土間にも、年配の男と女房らしい女が何人かいた。長屋の世話役のような立場の者かもしれない。

「どいてくんな」

稲六が戸口で声をかけると、土間にいた連中も慌てて左右に身を引いて、その場をあけた。

座敷に、男が仰向けに横になっていた。顎から腹のあたりまで掻巻をかけている。

根津は土間に立ったまま、座敷の様子に目をやった。検屍の前に、座敷に何か変わったことはないか見ているようだ。

荒らされているようには見えなかった。座敷のなかほどに貧乏徳利と湯飲みが置いてある。部屋の隅には枕屏風《まくらびょうぶ》が立っていて、その陰に布団が畳んであった。飯櫃《めしびつ》や火鉢などにも変わった様子はない。

「死骸《ほとけ》を見てみよう」

そうつぶやいて、根津は座敷に上がった。田上と稲六が、根津につづいた。

根津は死体の脇にかがむと、無言のまま仰向けになっている助次郎の顔を見つめた。細い目が、薄闇のなかで青白くひかっている。

助次郎は浮腫《むく》んだような青黒い顔をしていたが、目も口もとじていた。根津は助次郎の顔をいっとき見つめていたが、掻巻に手をかけ、そっと剝がした。

助次郎の着ていた棒縞《ぼうじま》の小袖の裾が乱れ、両足が膝のあたりから剝き出しになっていた。どこにも血の色はない。根津は小袖の襟元をひろげて、首筋、胸、腹などを丹念に見ていた。体のどこにも、傷痕や打擲《ちょうちゃく》されたような痕はなかった。

根津はしばらく死体を見ていたが、そのうち死体の腕をまげたり、瞼《まぶた》をひらいて目を覗いたりし始めた。

「どうですかね？」

田上が訊いた。

「勒死《ろくし》だな」

根津が低い声で言った。

「勒死だって？」

勒死とは、絞殺のことである。

「首を絞められた痕がありませんよ」

首に絞められた痕はないように見えた。それに、勒死の場合、睨みつけるように目を瞠き、口をあけていることが多いのだが、助次郎は目も口もとじていた。

「見てみろ。首に絞められた薄い痕がある。これは、手ぬぐいか帯のような物で絞められた痕だ」

根津が死体の首筋を指差して言った。

言われてみれば、うっすらと黒ずんだ痕がある。指摘されなければ、気付かないほどの痕である。

「ですが、死骸《ほとけ》は目も口もとじたままですぜ」

田上が言った。

「下手人は助次郎を殺した後、この場に横にして目と口をとじさせ、搔巻をかけたのだろう。おれたちを欺《あざむ》くためにな」

「やはり、殺しですか」

「まちがいない」

「殺ったのは、昨日ですかね」

田上が訊いた。

「昨夜、暗くなってからだな」

根津は死体の硬くなり具合や目の色などをみて、いつごろ殺されたか推測したらしい。根津は、死体の変化から死後経過時間を知ることもできる。

「昨日、あっしがここに来た後ですぜ」

稲六が言った。

「助次郎は、昨夜この家にもどってから下手人と会ったようだ」

田上が、虚空《こくう》を睨むように見すえて言った。

「下手人は、助次郎の顔見知りだろうな。争ったような跡はないし、下手人が後ろにまわって絞めたのはまちがいないからな」

「旦那、助次郎を殺ったのは仲間かもしれやせんぜ」

稲六が声をひそめて言った。

「仲間割れか」

田上がつぶやいた。

「口封じとも考えられるな。穴熊一味は、助次郎が町方に目をつけられたのを知ったんじゃァねえかな」

根津の物言いが伝法になってきた。仲間うちだからであろう。

「うむ……」

穴熊一味は、田上たちが助次郎に目をつけたのを察知したのであろうか。そんなはずはない、と田上は思った。これまで、田上は穴熊一味に気付かれないように慎重に動いていた。尾行させたのも、稲六だけである。

「いずれにしろ、下手人は助次郎のちかくにいる男にちがいない。長屋の者たちに、聞き込んでみるか」

そう言って、田上は立ち上がった。

田上、根津、稲六は、手分けして長屋をまわり、住人から昨夜の様子や助次郎の遊び仲間などについて聞き込むことにした。

昼近くまで長屋をまわって話を聞いたが、田上と稲六が耳にしたのは、助次郎は働きもせずぶらぶら遊んでいたことと、どういうわけか金回りがよかったことぐらいである。長屋の住人のなかに、助次郎の巾着に小判が何枚も入っているのを目にした者がいたのだ。

すこし遅れて、もどってきた根津が、

「おい、昨夜、怪しい男を見たやつがいるぞ」

と、低い声で言った。

「どんな男です？」

すぐに、田上が訊いた。稲六も、根津に身を寄せて耳をかたむけている。

「昨夜、助次郎が、小柄な男といっしょに路地木戸から長屋に入ってくるのを見た者がいるのだ」

根津によると、ふたりの姿を見かけたのは、伊勢八《いせはち》という手間賃稼ぎの大工だった。伊勢八は昨夜一杯やった帰りに路地木戸まで来たとき、助次郎が小柄な男といっしょに木戸をくぐって長屋に入っていくのを見かけたという。

「その男は町人ですか」

田上が訊いた。

「町人らしい。年寄りのように見えたそうだよ」

「年寄りな」

田上は、何者か分からなかった。稲六も、小首をかしげている。思いあたる者はいないようだ。

「旦那、どうしやす」

稲六が、今後どうするか訊いた。

「おれたちには、まだつかんでいる糸がある。繁田登兵衛だ。……稲六、まず繁田の塒をつきとめるんだ」

田上が語気を強めて言った。

4

倉田が小者の利助を連れて江戸橋のたもとまで来ると、駒造の姿が見えた。倉田が来るのを待っていたようである。

倉田は駒造に近付くと、

「どうした、何かあったのか」

と、すぐに訊いた。心なし駒造の顔が厳しかったからである。

「ちょいと、旦那の耳に入れてえことがありやして」

駒造が小声で言った。

「歩きながら話すか」

江戸橋のたもとは賑わっていた。様々な身分の老若男女が行き交っているが、魚河岸が近いせいか、盤台《はんだい》を担いでいるぼてふり、魚の入った桶を運ぶ漁師、印《しるし》半纏《ばんてん》姿の魚屋の奉公人、半裸の船頭などが目についた。

そうした混雑を通り過ぎ、入堀にかかる荒布橋《あらめばし》を渡ったところで、

「駒造、何があった」

と、倉田が訊いた。

「安木の旦那が、蓑造《みのぞう》たちを使って盗人をお縄にしやしたぜ」

駒造が倉田に身を寄せて言った。

「なに！　安木どのが」

思わず、倉田の声が大きくなった。安木達次郎は北町奉行所の定廻り同心だった。吟味方与力の三坂の配下のようにふるまっている男である。蓑造は、安木が手札を渡している岡っ引きであろう。

「捕らえたのは、穴熊一味か」

すぐに、倉田が訊いた。

「それが、分からねえんで……。蓑造の手先の助次《すけじ》ってえやつに聞いたんですがね。蓑造が黒江町《くろえちょう》の女郎屋で、大金を使った弥三郎《やさぶろう》ってえ男を嗅ぎ出し、盗人にちげえねえと踏んだそうでさァ」

深川黒江町は、富ヶ岡八幡宮の門前通りにひろがっている。料理屋、料理茶屋、女郎屋などの多い賑やかな町である。

「穴熊一味と、はっきりしたわけではないようだ」

おそらく、安木は身元のはっきりしない盗人らしい男を捕縛し、拷訊《ごうじん》して吐かせるつもりなのだろう。取り違えにならないように、多少の悪事に手を染めている者に目をつけて捕らえたにちがいない。

安木を責めることはできなかった。鬼彦組でも、狭山が同じような手を使うことになっていたのだ。

「安木の旦那がだれをお縄にしようと、あっしはかまわねえんですがね。ちょいと、気になってるんでさァ」

駒造が眉を寄せて言った。

「何が気になっているのだ」

倉田が駒造に顔をむけた。

「弥三郎の塒が、本所松井町《まついちょう》でしてね」

「松井町は竪川沿いだな」

竪川の南側にひろがる町である。

「やっとつかんだ益造の塒が六間堀町で、松井町の近くなんでさァ。すぐに、益造の耳に入《へえ》りやすぜ」

駒造が、益造の塒をつかんだのは二日前だった。長屋ではなく、小体な借家で妾らしい女と住んでいるという。

駒造から話を聞いた倉田は、他の仲間の居所をつきとめるためにしばらく益造を尾けてみることにした。そして、駒造と浜吉に益造の塒を見張らせておいたのだ。

「益造が姿を消すかもしれないというわけだな」

「へい」

「ところで、浜吉はいまも益造の塒を見張っているのか」

倉田が訊いた。

「昨夜まで、あっしとふたりで見張ってたんですがね。益造は、六間堀町の塒に帰ってこなかったんでさァ」

駒造が困惑したように顔をゆがめた。

「弥三郎が捕らえられたことを知って、姿を消したか」

倉田はその可能性が高いと思った。

「まだ、何とも言えねえが、そんな気がしやして」

「こうなったら、益造が姿をみせしだい捕らえた方がいいな」

益造の口を割らせて、仲間の居所を吐かせるのである。ただ、危ない賭けでもあった。益造が捕らえられたことを知れば、穴熊一味がそれぞれの隠れ家を変えるだけでなく、江戸から逃走する恐れもあったのだ。

「ともかく、六間堀町に行ってみるか」

益造が塒にもどっていなければ、どうすることもできないのだ。

倉田は入堀にかかる親父橋を渡ると、東に足をむけた。巡視の町筋とはずれるが、新大橋を渡って深川へ行こうと思ったのである。

倉田は新大橋を渡って深川へ出ると、御籾蔵《おもみぐら》の脇を通って六間堀沿いの通りに入った。堀沿いの道を北に向かえば、六間堀町はすぐである。

六間堀町に入っていっとき歩くと、

「旦那、こっちで」

と言って、駒造は左手の路地に足をむけた。

そこは寂しい路地で、小店や仕舞屋などがまばらに建っていたが、人影はすくなかった。所々に空き地や笹藪なども残っている。

路地に入って二町ほど歩いたとき、駒造が路傍に足をとめ、

「旦那、笹藪の斜向かいにある家が益造の塒ですぜ」

と言って、前方を指差した。

いかにも妾宅ふうの落ち着いた家だった。借家だろうが、金持ちでなければ、これだけの家を借りて妾を住まわせておくことはできないだろう。

「浜吉はどこにいる」

倉田が訊いた。

「笹藪の陰で、見張っているはずでさァ」

「行ってみるか」

路地に人影はなかった。倉田は、八丁堀ふうの格好で来ていたので、益造の隠れ家近くを歩きたくなかったが、笹藪の陰に入れば、人目につくこともないだろう。

倉田たちは路地を足早に歩き、笹藪の陰にまわった。

浜吉は倉田を見ると、

「旦那も、いっしょですかい」

と、驚いたような顔をして言った。倉田が、この場に来るとは思っていなかったのだろう。

「どうだ、益造は帰ってきたか」

倉田が小声で訊いた。

「朝から、だれも姿を見せねえんでさァ」

益造は帰ってこないし、おれんという益造の妾も家から出てこないという。

「留守なのか」

「いえ、おれんは家にいやす」

浜吉によると、この場に来てから二度家の近くまで行って、なかの様子をうかがったという。そのとき、家のなかで障子をあけしめする音が聞こえたし、一度は戸口からおれんらしい女が姿をあらわし、路地に目をやっていたそうだ。

「おれんも、益造の帰りを待っているのかもしれんな」

「もうしばらく様子をみやすか」

駒造が頭上に目をやって言った。

陽はだいぶ高くなっていた。四ツ（午前十時）ごろではあるまいか。

それから小半刻（三十分）ほどしたときだった。ふいに、仕舞屋の戸口の引き戸があいて、女が姿を見せた。

「旦那、おれんだ」

浜吉が声を殺して言った。

戸口から出てきたのは、年増だった。胸に風呂敷包みをかかえている。下駄の音をさせて、足早に六間堀の方へ歩いていく。

「旦那、どうしやす」

浜吉が、倉田を振り返って訊いた。

人影のない路地を、おれんの後ろ姿が遠ざかっていく。

「駒造、浜吉、ふたりでおれんを尾けてくれ」

倉田は尾行するわけにはいかなかった。八丁堀ふうの格好で来ていたので、目立ってしかたがない。

「へい」

駒造と浜吉は、倉田と利助をその場に残して路地に出た。

5

浜吉が先になり、駒造は浜吉からすこし間をとって歩いた。ふたりが並んで歩くと、おれんが振り返ったとき不審を抱く恐れがあったのだ。

おれんは六間堀沿いの通りに出ると、北に足をむけた。竪川の方に足早に歩いていく。

浜吉と駒造は、おれんから半町ほど距離をとって尾けた。それほど気を使うことはなかった。おれんは後ろを振り返って見ることはなかったし、通りにはちらほら人影があって、浜吉と駒造の姿は目立たなかったからである。

おれんは竪川に突き当たると、右手におれ、六間堀にかかる松井橋を渡って竪川沿いの通りを東にむかった。

駒造は足を速めて浜吉においついた。竪川沿いの通りは、さらに人影が多く、ふたりで歩いていてもおれんに気付かれる恐れがなかったのだ。

「親分、おれんはどこに行く気ですかね」

浜吉が小声で訊いた。

「分からねえな」

駒造はそう言ったが、益造に会いに行くのではないかと思った。胸に抱えた風呂敷包みには益造の着物でも入っているのかもしれない。

ふたりがそんなやり取りをしている間に、おれんは竪川にかかる二ツ目橋のたもとまで来ていた。

「親分、おれんは橋を渡りやすぜ」

「そのようだな」

おれんは、橋のたもとを左手におれ、二ツ目橋を渡り始めた。

駒造たちは小走りになった。おれんの姿が見えなくなったからである。

橋のたもとまで行くと、おれんの後ろ姿が見えた。ちょうど橋を渡り終えるところだった。渡った先は、本所相生町《あいおいちょう》である。

おれんは橋のたもとを右手におれた。竪川沿いの道を東にむかっていく。

駒造たちも橋を渡り、竪川沿いの道を東にむかって歩いた。

風のない静かな日だった。前を行くおれんの姿が、秋の陽射しに照らされ、短い影を落としている。竪川の川面が陽射しを反射《はね》て、キラキラとひかっていた。

相生町から緑町《みどりちょう》に入って間もなく、おれんの姿が見えなくなった。左手におれ、店屋の脇に入ったらしい。下駄屋のようだ。軒先に下駄の看板がかかっている。

「親分、先に行きやすぜ」

浜吉が走りだした。

駒造も小走りになって、浜吉の後を追った。

駒造がおれんの姿が消えた下駄屋の脇まで来ると、浜吉は下駄屋の脇から路地の先に目をやっていた。

「おれんは、あそこにいやす」

浜吉が路地の先を指差した。

おれんは、長屋につづく路地木戸をくぐるところだった。駒造と浜吉は、足音を忍ばせて路地木戸に近付いた。

おれんの姿は見えなかった。路地木戸をくぐって長屋に入ったらしい。

「入ってみよう」

駒造たちも路地木戸をくぐった。突き当たりに井戸があった。女房らしい女が、釣瓶《つるべ》で水を汲んでいた。脇に手桶がおいてある。水汲みにきたらしい。井戸端付近に、おれんの姿はなかった。

「ちょいと、すまねえ。いま、年増がここに来なかったかい。おれの知り合いの姐《あね》さんなんだ」

駒造が腰をかがめ、照れたような顔をして訊いた。ここで、岡っ引きだと知られたくなかったのである。

「そこに、いるよ」

女は顎をしゃくるようにして右手に顔をむけた。釣瓶から手が離せなかったようである。

おれんの姿が見えた。右手の棟のふたつ目の家の前に立っている。腰高障子の外から、家のなかに声をかけているらしい。

駒造と浜吉は井戸端から離れ、芥溜《ごみため》の脇に身を隠して、おれんに目をやった。

「半助さん、いるのかい」

と、おれんの声が聞こえた。

……半助だ！

すぐに、駒造は察知した。ここが半助の家らしい。

「だれでえ」

と、家のなかから男の声がした。半助であろう。

「おれんだよ」

「おれんさんか、いまあけるぜ」

土間に下りる音がかすかに聞こえ、腰高障子があいた。

顔を出したのは、小太りの男だった。二十四、五歳であろうか。丸顔で、猪首である。

……半助にまちがいない。

駒造は確信した。

姿をあらわした男は、おとよから聞いていた半助の風貌と年格好だったのである。

「なかに入《へえ》ってくんな」

そう言って、半助はおれんを家のなかに入れた。

腰高障子がしめられると、ふたりの話し声は聞き取れなくなった。

「親分、どうしやす」

浜吉が声をひそめて訊いた。

「しばらく様子をみようじゃァねえか」

駒造と浜吉は、芥溜の陰にかがんだまま動かなかった。嫌な臭いがしたが、我慢するしかない。

それから小半刻（三十分）ほど経ったろうか。腰高障子があいて、おれんが姿を見せた。半助も障子の間から顔を覗かせたが、外には出てこなかった。

「半助さん、頼んだよ」

と、おれんは言い残し、戸口から離れた。

おれんは、風呂敷包みを持っていなかった。半助に渡したらしい。

駒造はおれんの姿が、井戸の近くまで遠ざかると、

「浜吉、おめえはここにいて、半助を見張っていてくれ。おれは、おれんの跡を尾けてみる」

と言い置いて、芥溜の陰から出た。

おれんは路地木戸から路地に出ると、来た道をたどり、竪川沿いの道を通って二ツ目橋を渡った。おれんは、さらに来た道を引き返していく。

……塒に帰るようだ。

駒造は、おれんが六間堀沿いの道を南に向かうのを確かめてからきびすを返した。おれんが塒に帰るなら、尾けることはなかったのである。

駒造は浜吉のいる長屋にとってかえした。浜吉は、まだ芥溜の陰にいた。半助の家の腰高障子に目をやっている。

「半助はどうした」

駒造が訊いた。

「家にいやす」

浜吉によると、半助は一度も家から出てこないという。

それから、駒造たちは芥溜の陰に身を隠したまま半助が家から出てくるのを待った。

「親分、出てきやせんねえ」

浜吉が生欠伸を嚙み殺しながら言った。長時間の張り込みで飽きてしまったらしい。屈んだり立ったりしていたが、足腰も痛みだした。

陽が西の空にかたむいたころ、やっと腰高障子があいて、半助が姿をあらわした。

「お出ましだぜ」

駒造と浜吉は、半助の跡を尾けた。

だが、半助の行き先は竪川沿いにあった一膳めし屋だった。

「お、親分、やつはめしを食いにきただけですぜ」

浜吉が、げんなりした顔で言った。

「そうらしいな」

さすがに、駒造も腹立たしくなってきた。それに、腹はすいてきたし、芥溜の陰で窮屈な格好をしていたせいか足腰が痛んだ。

「やつは、一杯《いっぺえ》やって長屋に帰《けえ》るんじゃァねえかな」

浜吉が言った。

「うむ……」

駒造も、半助は一膳めし屋で飲み食いした後、長屋に帰るような気がした。

「浜吉、今日のところは、これまでにするか。……おれたちも、どこかで一杯やって帰《けえ》ろうじゃァねえか」

「へい」

浜吉が声を上げた。

6

駒造たちがおれんを尾けた二日後、駒造は江戸橋のたもとに立って倉田が来るのを待っていた。

倉田は駒造と顔を合わせると、

「おれんの行き先は知れたかい」

と、すぐに訊いた。駒造たちがおれんの跡を尾けてから、倉田はその後のことを聞いていなかったのだ。

駒造がおれんの跡を尾けた翌日、倉田のところに報告に来なかったのは、それなりの理由があった。翌日、駒造たちは、さらに半助を見張ったり長屋の近くで聞き込んだりしたのである。

「おれんは、半助に会いに行きやした」

駒造は倉田の後ろについて歩きながら言った。

「半助だと!」

思わず、倉田が聞き返した。

「へい、やつの塒は緑町の裏店でさァ」

駒造は、長兵衛店《ちょうべえだな》だと言い添えた。昨日、長屋の近くで聞き込んだおり、長屋の名も聞いておいたのだ。

「いま、半助は長屋にいるのか」

「浜吉が見張っていやす」

「うむ……」

倉田はいっとき黙考しながら歩いていたが、

「半助を捕らえよう」

と、語気を強くして言った。顔がひきしまり、双眸が鋭いひかりを宿している。

倉田は半助をこれ以上泳がせておくと、益造と同じように姿を消すのではないかと思ったのだ。それに、半助の口を割らせれば、益造はむろんのこと他の仲間の居所も知れるかもしれない。かりに、半助が仲間の居所を知らなかったとしても、倉田にまだ手繰る糸があった。おれんである。おれんの張り込みと尾行をつづければ、どこかで益造と接触するだろう。

「いつ、やりやす」

駒造が低い声で訊いた。

「早い方がいい。今日の夕方だ」

倉田は、長屋が夕闇につつまれたころ踏み込んで半助を取り押さえようと思った。

「駒造、半助の長屋を見張っていてくれ」

「承知しやした」

それから、倉田は歩きながら駒造にこまかい指示をした。

暮れ六ツ（午後六時）の鐘がなるころ、倉田と高岡は五人の手先をしたがえて竪川にかかる二ツ目橋のたもとに立っていた。倉田は半助の捕縛にあたり、高岡の手を借りることにしたのだ。

倉田と高岡は、小袖に袴姿で二刀を帯びていた。牢人か軽格の御家人のような格好である。五人の手先は倉田と高岡が使っている小者や岡っ引きたちだったが、いずれも職人や遊び人のような格好をしていた。長屋の者たちに、町方だと知れないために身を変えたのである。

穴熊一味は、すぐに半助が長屋から姿を消したことを知るだろう。半助が町方に捕らえられたことを知れば、それぞれ隠れ家を変えるはずだし、下手をすると江戸から逃走するかもしれない。そうさせないよう、半助が町方に捕らえられたことを隠そうとしたのである。

「旦那、浜吉ですぜ」

高岡が使っている岡っ引きの七助《しちすけ》が言った。

見ると、浜吉が走ってくる。長兵衛店から、知らせにきたようだ。

浜吉は倉田のそばに走り寄ると、

「は、半助は、長屋にいやす」

と、荒い息を吐きながら言った。

「駒造は見張っているのだな」

「へい、旦那たちが来るのを待っていやす」

「踏み込む頃合だな」

倉田は辺りに視線をまわして言った。

竪川沿いの道は、淡い夕闇につつまれていた。通り沿いの店屋は表戸をしめ、ひっそりとしている。人影はほとんどなかった。ときおり、遅くまで仕事をしたらしい出職の職人や一杯ひっかけたらしい大工などが通りかかるだけである。

「高岡、先に行くぞ」

倉田が先にその場を離れた。浜吉が先導し、倉田につづいて利助と登七《とうしち》という岡っ引きが跟《つ》いてきた。

高岡たちは、倉田がすこし離れてから歩きだした。通りすがりの者や長屋の住人に捕方だと思われないように間をおいて長兵衛店にむかったのである。

「こっちでさァ」

浜吉が先導し、倉田たちは長兵衛店の路地木戸をくぐった。

長屋は夕闇につつまれていた。家々の腰高障子に灯《ひ》の色が映じ、水を使う音、子供の泣き声、男のがなり声、母親が子供を叱る声などが聞こえてくる。長屋は騒がしかったが、夕餉《ゆうげ》どきのせいもあってか井戸端や長屋の路地に人影はなかった。

駒造は井戸端に近い長屋の棟の脇の芥溜の陰にいた。そこから、半助の家を見張っているらしい。

「どこだ、半助の家は」

倉田が駒造に身を寄せて訊いた。

「向かいの棟の二つ目の家でさァ」

駒造が指差した。

腰高障子が見えた。破れ目から、淡い灯が洩れている。人声も物音も聞こえなかったが、半助は家のなかにいるらしい。

「高岡、踏み込むぞ」

倉田が背後に身を寄せている高岡に言った。

「承知」

高岡が夕闇のなかでうなずいた。

その場に集まった手先たちの目が、夕闇のなかに青白くひかっている。獲物を前にした猟犬のようである。

7

倉田、駒造、浜吉、利助、登七の五人が、足音を忍ばせて半助の家に近付いた。五人で踏み込み、高岡たちは念のために戸口をかためることになっていたのだ。

腰高障子に身を寄せ、障子の破れ目から覗くと、座敷のなかほどに人影があった。部屋の隅に行灯《あんどん》が点り、胡座《あぐら》をかいた男の姿をぼんやりと浮かび上がらせている。

半助は茶を飲んでいた。膝先に急須があり、湯飲みを手にしていた。脇に椀と小鉢があるので、夕めしを食った後かもしれない。

……行くぞ。

倉田は声に出さず、脇にいる駒造たちに目で合図した。

そろっ、と腰高障子をあけた。それでも、立て付けが悪く、障子が低い音をたてた。

倉田はすばやく土間に踏み込んだ。駒造たちがつづく。

「だ、だれでえ！」

半助がひき攣《つ》ったように顔をゆがめ、慌てて立ち上がった。その拍子に、膝先の急須が倒れて転がり、湯が畳にこぼれ出た。

倉田は無言で抜刀し、刀身を峰に返した。峰打ちに仕留めようとしたのである。

ヒイイッ！

半助が倉田の手にした刀を見て、喉を裂くような悲鳴を上げて後じさった。

駒造たちは、土間から座敷に踏み込み、部屋の隅をまわって半助に近付いていく。

倉田は低い八相に構え、半助に迫った。

「た、助けて！」

半助が声を上げ、倉田の脇をすり抜けて戸口へ飛び出そうとした。

利那《せつな》、倉田の刀身が一閃した。

ドスッ、とにぶい音がし、刀身が半助の腹に食い込んだ。峰打ちが半助の腹を強打したのである。

半助は喉から何かを吐きだすような呻《うめ》き声を上げ、上体を折るようにまげてよろめいた。半助は上がり框のそばで足をとめると、両手で腹を押さえてうずくまった。苦しげな呻き声を洩らしている。倉田の一撃が、半助の肋骨を折ったのかもしれない。

「縄をかけろ」

倉田が声をかけると、駒造たちが半助を取りかこんだ。

駒造がすばやく半助の両腕を後ろに取り、登七と利助が早縄をかけた。さらに、駒造たちは、手ぬぐいを使って半助に猿轡《さるぐつわ》をかました。半助が、騒ぎたてないようにしたのである。

「連れていけ」

倉田が駒造たちに指示した。

戸口の外にいた高岡が、捕らえられた半助を見て、

「さすが、倉田さんだ。われわれの助太刀は、いらなかったようですね」

と、苦笑いを浮かべ言った。

「いや、何とか峰打ちが決まったからよかったが、あやうく外へ飛び出されるところだったのだ」

倉田が、高岡がいてくれて助かったよ、と小声で声をかけた。

その夜、倉田たちは半助を南茅場町にある大番屋に連れていった。大番屋は調べ番屋とも呼ばれ、吟味の場に使われるが、仮牢もある。

倉田は牢番たちに、半助を博奕の咎で捕らえたことと、明日から吟味することを伝えて仮牢に入れた。牢番たちに穴熊一味と話すと、すぐに同心たちに知れ、岡っ引きたちの噂から仲間の耳に入るからである。


翌日の午後、大番屋に姿を見せたのは、新十郎と倉田だった。倉田が新十郎に半助を捕らえたことを話し、吟味を依頼したのである。新十郎は吟味方与力だったので、半助の吟味にあたっても与力や同心に不審を抱かせることはなかった。

大番屋の吟味の場に引き出された半助は、牢番にうながされて土間に敷かれた筵《むしろ》の上に座った。顔が恐怖で蒼ざめ、体が顫《ふる》えている。

一段高い座敷には、新十郎と倉田が座していた。

新十郎は牢番たちに、半助は小博奕を打っただけなので、すぐに済む、おまえたちは下がってよい、と言って下がらせた。牢番がいては、穴熊一味の吟味であることが知れ、すぐに大番屋に出入りする者たちの耳に入るからである。

「半助、おれの名を知っているか」

新十郎がおもむろに訊いた。

半助は、顔を上げて新十郎を見ると、

「ぞ、存じません」

と、声を震わせて言った。吟味方与力の顔を見たことなどないのであろう。

「おれのことを鬼与力という者もいる」

新十郎が言った。

「……！」

半助の丸顔がゆがみ、押し潰されたような顔になった。鬼与力の噂は、耳にしたことがあるらしい。

「おまえは、なんの咎で、ここに連れてこられたと思っておるのだ」

新十郎の口調がきつくなった。

「ば、博奕と聞きやしたが、あっしは博奕など、やったことはありません」

半助が訴えるように言った。

「博奕ではない。おまえは、押し込みの咎で捕らえられたのだ」

新十郎が語気を強くして言った。

半助の顔から血の気が引き、体が瘧慄《おこりぶる》いのように激しく顫えだした。

「おまえは、松波屋と信濃屋に押し入ったな」

新十郎が半助を見すえて言った。双眸に射るような鋭いひかりが宿っている。剛毅そうな面構えとあいまって、鬼与力と呼ばれるだけの凄みがある。

「お、お役人さま、覚えのないことでございます。て、てまえは、押し込みでは、ございません」

半助が声を震わせて訴えた。

「では、訊く。半助は、おれんという女を知っているな」

「……へ、へい」

半助が上目遣いに新十郎を見た。新十郎が何を訊き出そうとしているか、咄嗟に分からなかったらしい。

「ならば、益造も知っているな」

「……」

半助の顔に、怯えるような色が浮いた。

「知らぬとは言わせぬぞ。おれんは、益造の使いでおまえの住む長屋に行ったはずだ」

新十郎がそう言うと、半助が驚いたような顔をした。そこまで、知られているとは思わなかったのだろう。

「益造を知っているな」

新十郎が鋭い声で訊いた。

「へ、へい」

「益造の塒はどこだ」

「し、知りやせん」

半助が新十郎に目をむけて言った。

「おかしいな。おまえは、おれんに、益造に渡すように言われて何か預かったはずだぞ」

新十郎は、倉田からおれんが風呂敷包みを半助に渡したことを聞いていたのだ。

「長屋の近くの一膳めし屋で、着物を渡しやした」

半助が言った。

「ほう、一膳めし屋でな」

新十郎が脇にいる倉田に目をやると、倉田がちいさくうなずいた。倉田は、駒造から半助は近くの一膳めし屋に出かけることがあると聞いていたのだ。

「益造と会うときは、いつも一膳めし屋か」

「いえ、ついちかごろ、兄いが姐さんのところを出やしてね。それから、一膳めし屋を使うようになりやした」

「益造が、おれんと住んでいた家を出たのだな」

兄いは、益造で、姐さんはおれんであろう。

「へい、兄いは塒を変えねえと、殺されるかもしれねえと言って、身を隠したんでさァ。それで、あっしにもいまの居所は教えなかったんで」

半助の物言いがなめらかになってきた。隠す気持ちが薄れてきたらしい。それに、半助の言い方からみて、押し込み一味ではないようだ。益造の手先か使いっ走りのような立場であろうか。

「殺されるかもしれないと、益造は言ったのか」

新十郎が念を押すように訊いた。

益造が殺されると言ったのなら、町方を恐れて隠れ家を変えたのではないことになる。捕まれば死罪であっても相手が町方なら、「殺される」とは言わないだろう。

「へい、なんでも、兄いの仲間が万年町で殺されたそうで」

「なに、万年町で殺されたと」

新十郎の声が大きくなった。

益造の仲間は万年町で殺された助次郎のことではないか、と新十郎は思ったのだ。

「殺された男だが、益造は助次郎と言ってなかったか」

「名は聞いてねえが、兄いはむかしからの仲間だと言ってやした」

「うむ……」

益造が口にしたのは、助次郎にまちがいない、と新十郎は確信した。益造がむかしの仲間と言ったことから判断して、益造と助次郎は十年ほど前に江戸市中を荒らしていた穴熊一味とみていいだろう。

益造と助次郎だけではないだろうが、むかしの穴熊一味の者たちがあらたに仲間をくわえて松波屋と信濃屋に押し入ったにちがいない。

新十郎が倉田に目をやると、厳しい顔をしてちいさくうなずいた。おそらく、倉田も新十郎と同じことを考えたのだろう。

「益造は、だれに殺されると言っていたのだ」

新十郎は半助を睨むように見すえて訊いた。

「あっしには、むかしの仲間と言っただけで……」

「むかしの仲間か」

むかしの仲間とは穴熊一味のことであろう、と新十郎は思った。

十年ほど前の穴熊一味のなかに、殺し合うような確執が生じたのかもしれない。

いずれにしろ、むかしの仲間のなかに、松波屋と信濃屋に押し入った益造や助次郎に対して強い反感を持つ者がいるようだ。

「ところで、半助」

新十郎が声をあらためて言った。

「へい……」

「益造の仲間だが、殺された助次郎のほかにどんな男がいるのだ」

新十郎は、穴熊一味のことを聞き出そうとしたのだ。

「兄いから名を聞いたのは、ひとりだけで」

「言ってみろ」

「牢人でしてね。繁田さまと言ってやした」

「繁田登兵衛か」

新十郎は、田上から繁田の名を聞いていた。繁田も穴熊一味のようである。ただ、十年ほど前の一味に武士はいなかったらしいので、繁田は新たにくわわったひとりにちがいない。

「へ、へい」

半助が驚いたような顔をした。名字だけで、新十郎が繁田の名前を口にしたからであろう。

「半助、繁田の塒を知っているか」

「黒江町の借家だと聞きやしたが、行ったことはねえんでさァ」

半助が小声で言った。

「黒江町の借家な。……ところで、半助、おまえは益造のことを兄いと呼んだが、子分なのか」

新十郎が訊いた。

「子分てえことじゃァねえが、飲み屋で知り合いやしてね。兄いや姐さんに、駄賃をもらって使いを頼まれるようになったんでさァ」

半助が首をすくめながら口許《くちもと》に薄笑いを浮かべた。

「そうか」

やはり、半助は益造の使いっ走りをしていたようである。

新十郎はあらためて益造と繁田の年格好や人相などを訊いた。これからの探索の役に立つと思ったのである。

新十郎は吟味が一段落すると、

「どうだ、半助に訊いておくことがあるか」

と、倉田に目をやって訊いた。

「はい」

倉田はすぐに膝を半助の方にむけ、

「益造は留五郎という名を口にしたことはないか」

と、聞いた。倉田は留五郎のことが気になっていたのである。

「留五郎ですかい……」

半助は記憶をたどるように虚空に目をむけていたが、

「そういやァ、留五郎という名を聞いたような気がしやす」

「留五郎の塒は聞いてないか」

倉田が声を大きくして訊いた。

「聞いてやせん」

半助は、はっきりと首を横に振った。

第四章　影の男

1

半助を吟味した翌日、新十郎はいつもより早く北町奉行所の表門をくぐると、門の右手にある同心詰所に立ち寄った。詰所には、高岡と根津、それに高積《たかづみ》見廻りと養生所見廻りの同心がいた。

新十郎は根津を呼び、鬼彦組の者を集めておくように指示した。半助から聞き取ったことを伝えておこうと思ったのである。

新十郎は与力詰所に行き、茶を飲んでいっとき休んでから継裃を羽織袴に着替えて同心詰所に足をむけた。

同心詰所には、鬼彦組の六人の同心が顔をそろえていた。他の同心の姿はなかった。鬼彦組に遠慮して早めに詰所を出て、別の部屋で職務にあたったり見廻りに出たりしたのだろう。

「すでに聞いていると思うが、一昨日、倉田と高岡が半助という男を捕らえてな。昨日、おれが吟味したのだ。……穴熊一味のことで、あらたに知れたこともあるので、みんなに伝えておきたい」

と、新十郎が切り出し、

「まず、倉田から話してくれ」

と、指示した。

「半助は穴熊一味ではないが、益造の手先だったらしい」

倉田はそう前置きし、高岡とともに半助の塒《ねぐら》に踏み込んで捕縛したことから始め、益造が姿を消したこと、繁田が益造たちの仲間らしいことなどを話した。

「やはり、繁田は穴熊一味のひとりか」

田上が身を乗り出すようにして言った。田上は、繁田を追っていたのである。

「それで、半助は繁田の隠れ家も口にしたのか」

すぐに、田上が訊いた。

「半助が知っていたのは、繁田の隠れ家が黒江町の借家ということだけだ」

「黒江町の借家か。それだけ分かれば、探索の範囲をだいぶ狭められる。倉田、高岡、助かったよ」

　田上が、ふたりに顔をむけて言った。

「いや、繁田をつかんだのは、田上さんが先だ」

　そう言って、倉田が照れたような顔をしたとき、

「実は、半助が気になることを口にしたのだ。そのことも、みんなに知らせておこうと思って集まってもらったのだ」

　新十郎がそう言うと、同心たちの視線が新十郎にむけられた。

「おれから話す前に、根津に確認しておきたいのだが、助次郎が殺されたことはまちがいないな」

　新十郎が根津に顔をむけ、念を押すように訊いた。

「はい、まちがいありません。助次郎は首を絞め殺されたのです」

　根津が言った。

「そのことだがな、益造が、助次郎はむかしの仲間に殺されたと半助に話したらしいのだ」

「むかしの仲間ですか」

　田上が驚いたような顔をして聞き返した。

「そうだ」

「むかしの仲間というと、十年ほど前の穴熊一味ということになりますが」

「そうみていい。つまり、助次郎は十年ほど前も穴熊一味のひとりで、そのころの仲間に殺されたことになるな。……助次郎だけではない。益造もむかしからの穴熊一味のひとりということになる」

新十郎の吟味の場にいた倉田は、このことを知っていたが、他の同心たちは息をつめて新十郎を見つめている。

「おれは、十年ほど前の穴熊一味が、仲間割れしたのではないかとみている。そして、仲間割れした一方が、むかしの仲間だった助次郎を殺した。……益造が隠れ家を変えたのも、町方の探索を恐れたのではなく、助次郎と同じようにむかしの仲間に命を狙われているせいだろう」

「そ、そういうことか」

狭山が声をつまらせて言った。急に声を出したせいか、顔が赭黒く紅潮している。

「おそらく、仲間割れした一方の益造、助次郎、それに留五郎の三人が、いや、他にもいるかどうか分からないが、何人かあらたに仲間をくわえ、穴熊一味として松波屋と信濃屋に押し入ったのではないかな」

新十郎が言うと、

「十年ほど前の穴熊一味には武士がいなかったので、繁田ともうひとりの武士もあらたにくわわったとみていいようです」

と、倉田も自分の見立てを述べた。

「いずれにしろ、益造なり繁田なりを捕らえて吐かせれば、穴熊一味のことははっきりするだろう」

新十郎が、一同に目をやりながら言った。

次に口をひらく者がなく、座敷が沈黙につつまれたとき、

「ところで、狭山、ふたり捕らえたそうだな」

と、新十郎が狭山に顔をむけて訊いた。

「で、ですが、ふたりとも、穴熊一味とは何のかかわりもないようです」

狭山が声をつまらせながら話したことによると、捕らえたのはこそ泥と商家を強請《ゆす》ろうとした遊び人だという。ふたりを吟味したが、穴熊一味とのかかわりは何も出てこなかったそうだ。

「まァ、いい。ふたりとも咎人《とがにん》にちがいないのだ。……安木が捕らえた弥三郎も、

こそ泥だったらしいな」

新十郎が言った。

安木は三坂派のひとりだが、鬼彦組に対抗するように穴熊一味を追っている。新十郎は、安木が弥三郎という盗人を捕らえ、三坂が吟味したことを聞いていたのだ。

「狭山、取り違えではないのだ。ふたりのことは気にせずに、これからも探索をつづけてくれ」

「は、はい」

狭山が、慌てた様子で頭を下げた。

「おれの話は、これだけだ」

そう言い置いて、新十郎は立ち上がった。

倉田は新十郎が同心詰所から出ていくのを見送った後、しばらく詰所に残っていたが、

……残っているのは、おれんだな。

と、つぶやいて腰を上げた。

2

空を薄雲がおおっていた。薄雲を透かして陽が射しているらしく、仄《ほの》かな蜜柑《みかん》色のひかりが辺りを照らしている。

倉田は笹藪の陰にいた。そこは、澱《よど》んだような淡い闇につつまれている。倉田の脇に、駒造と浜吉の姿もあった。三人は笹藪の陰から、おれんの住む仕舞屋に目をむけていた。

倉田は小袖に袴姿で、二刀を帯びていた。八丁堀同心であることを隠すために身《み》装《なり》を変えたのである。

「旦那、おれんは姿を見せやせんね」

浜吉が間延びした声で言った。見張りに飽きてきたらしい。

七ツ（午後四時）ごろであろうか。倉田たちがこの場に来てから一刻（二時間）余になる。

倉田たちは、おれんが家にいることは確かめてあった。ここで見張りを始めてすぐ、駒造が家の戸口に近寄り、おれんの姿を見ていたのである。

「そのうちに動きがあるさ」

おれんが家を出て益造に会いに行くか、益造の方で姿をあらわすか。いずれにしろ、倉田はこのままおれんが家にこもっているとは思えなかったのだ。

「旦那、張り込みなら、あっしらでやりやすよ。八丁堀の旦那が、こんなところで張り込みなどすることはありませんや」

駒造が、困惑したような顔をして言った。倉田が、この場に来るまで、駒造から何度も聞いた言葉である。駒造にすれば、町奉行所の同心に張り込みなどさせては、岡っ引きとして立場がないと思っているようだ。

「まァ、いいじゃないか。おれも、益造の顔を拝んでみたいからな」

倉田の胸の内には、益造が姿を見せたらこの場で捕らえてもいいという思いもあった。それで、駒造たちといっしょに張り込む気になったのである。

「なかなか動かねえなァ」

駒造が言った。

「おれんも益造も、用心してるはずだ。半助が、いなくなったことは知っているだろうからな」

「おれんと益造は、しばらく会わねえかもしれやせんぜ」

「だが、このままということはあるまい。益造は何か手を打ってくる」

倉田は、益造がここに姿を見せることはないような気がしたが、使いをよこすか、おれんが出かけるか、何か動きがあるとみていた。

それから半刻（一時間）ほど過ぎた。まだ、おれんは家に入ったままである。

「そろそろ、陽が沈みやすぜ」

駒造が西の空に目をやって言った。

薄い雲を透かして、かすかに陽の色が見えた。家並の向こうに沈みかけている。

「今日は、このままかな」

倉田がそうつぶやいたときだった。

「旦那、だれか来やす」

浜吉が昂《たかぶ》った声で言った。

縞柄の着物を裾高に尻っ端折りした男が、足早におれんの家の方へ近付いてくる。歳は三十がらみであろうか。遊び人ふうの男である。面長で、切れ長の目をしていた。見覚えのない顔である。

男はおれんの家の前まで来ると、足をとめ、周囲に目を配ってから戸口に近付いた。そして、戸口の引き戸をあけ、家のなかに首を突っ込んで声をかけた。すると、戸口におれんがあらわれ、男と何やら言葉をかわしてから家のなかに入れた。

「旦那、やつはおれんに会いに来たんですぜ」

浜吉が身を乗り出すようにして言った。

「益造の使いかもしれねえな」

「捕らえやすか」

「ここで、捕らえることはできねえ」

男が何者か分からなかった。おれんの目の前で捕らえれば、家を見張っていることを教えてやるようなものである。

いっときすると、引き戸があき、男が風呂敷包みを手にして外に出てきた。おれんは戸口に立って、男の背に目をむけている。

男は足早に来た道を引き返していく。おれんは男の姿が遠ざかると、家に入って引き戸をしめてしまった。

倉田は男の行き先をつきとめようと思った。そこが、益造の隠れ家かもしれない。

「尾《つ》けるぞ」

そう言って、倉田は笹藪の陰から路地に出た。

「へい」

駒造と浜吉が倉田につづいた。

男は六間堀沿いの道に出ると、北に足をむけた。竪川の方へ歩いていく。

そろそろ暮れ六ッ（午後六時）になるだろうか。曇り空のせいもあって、辺りは夕闇に染まっている。遠近《おちこち》で、表戸をしめる音が聞こえてきた。気の早い店は、店仕舞いを始めたようだ。

六間堀沿いの道は、人影がすくなかった。ときおり、仕事を終えた職人や大工、風呂敷包みを背負った行商人などが、行き過ぎていくだけである。

倉田たち三人は、物陰で身を隠しながら男の跡を尾けた。男は背後を振り返って見ることもなく、足早に歩いていく。

男は竪川に突き当たると右手におれ、六間堀にかかる松井橋を渡った。以前、駒造たちがおれんを尾けたときと同じ道筋である。

「親分、やつは長兵衛店に行くつもりですかね」

歩きながら、浜吉が言った。長兵衛店は、半助の住んでいた長屋である。

「ちがうな。半助は、長屋にいねえんだぜ」

駒造が言った。

そんなやりとりをしながら尾けているうちに、前を行く男は二ツ目橋のたもとまで来た。

男は橋を渡らなかった。そのまま竪川沿いの道を東にむかって歩いていく。

しだいに夕闇が濃くなり、人影はほとんどなくなった。通り沿いの店屋は表戸をしめて、ひっそりと静まっている。竪川のさざ波が汀に寄せ、絶え間ない水音をたてていた。

通り沿いに稲荷《いなり》があった。こんもりとした樫《かし》や欅《けやき》の杜《もり》が、夕闇のなかに黒々とひろがっている。

3

前を行く男は、稲荷の鳥居の前で足をとめた。振り返って体を倉田たちに向けたが、動かずに凝《じっ》としている。

「や、やつは何をしてるんだ！」

浜吉が目を剝いた。

「おれたちに、気付いてますぜ」

駒造が男を見すえながら言った。

「妙だな」

男は逃げようとしなかった。逃げるなら、稲荷の杜のなかに飛び込めばいい。わけなく逃げられるだろう。

男は倉田たちに顔をむけたまま突っ立っている。顔の表情は見えなかったが、慌てている様子はなかった。

「捕らえよう」

倉田は、尾行を気付かれた以上、男を捕らえるしかないと思った。

倉田たちは小走りに、男に近付いた。

男は立ったまま倉田たちが近付くのを待っている。

……笑っている！

男の白い歯が見えた。男は笑っているようだ。

倉田たちは男に駆け寄った。

「おっと、そこまでですぜ」

男が声を上げ、稲荷の境内に駆け込むような体勢をとった。

倉田たちは足をとめた。男との距離は十間ほどである。

「あっしを、尾けてきたんですかい」

男が訊いた。男の口許には、薄笑いが浮いている。

「お上の御用だ。神妙にしな」

駒造が、懐から十手を取り出して男にむけた。

「あっしらも、旦那方に用がありやしてね。ここで、待ってたんでさァ」

「なに!」

そのとき、倉田は稲荷の鳥居の向こうに、人のいる気配を感じた。暗がりのなかに、黒い人影がある。

「旦那方、お連れしやしたぜ」

男が声を上げた。

すると、人影が鳥居をくぐって飛び出してきた。三人。小袖に袴姿で二刀を帯びた武士体の男がふたり、遊び人ふうの町人がひとり。三人とも、黒布の頭巾をかぶって顔を隠している。

「待ち伏せか!」

倉田は、この場におびき出されたことに気が付いた。

「駒造、浜吉、川を背にしろ」

叫びざま、倉田はすばやく竪川の岸を背にして立った。背後にまわられるのを防ごうとしたのである。駒造と浜吉も、慌てて岸を背にした。ふたりとも目がつり上がり、体が顫《ふる》えている。

三人の男は、小走りに通りに出てきた。もうひとりの男もくわえ、四人で倉田たちを取り囲むように立った。

長身の武士が倉田の正面に立ち、もうひとりの中背で痩身の武士が、左手にまわり込んできた。ふたりで、倉田を斬る気らしい。ふたりの双眸が夕闇のなかで、夜禽《やきん》のように青白くひかっている。

一方、ふたりの町人は駒造と浜吉の前に立った。ふたりとも、匕首を手にしている。ただの遊び人ではないようだ。すこし前屈みで匕首を前に突き出すように構えている姿には、狼を思わせるような凄みがあった。

ふたりの町人は、足裏を摺《す》るようにして駒造と浜吉に迫っていく。ひとりは痩身で、もうひとりはずんぐりした体軀だった。

「てめえら、お上に逆らう気か！」

駒造が怒鳴り声を上げ、十手をむけたが、十手の先が震えている。

浜吉も十手を手にしているが、腰が引け、恐怖と興奮で体が激しく顫えていた。

「うぬら、穴熊一味だな！」

倉田が声を上げた。

「問答無用」

長身の武士がくぐもった声で言いざま抜刀した。

すかさず、左に立った武士も刀を抜いた。

「やるしかないようだな」

倉田も抜いた。

正面に立った武士は、八相《はっそう》に構えた。刀身をすこし寝かせた構えだが、長身とあいまって、上からおおいかぶさってくるような威圧感があった。

……こやつ、手練《てだれ》だ！

倉田はその構えから遣い手とみてとった。

構えに隙がなく、腰が据わっている。全身に気勢が満ち、いまにも斬り込んでくるような気配があった。

そのとき、倉田の脳裏に、松波屋で見た殺された豊蔵の傷痕がよぎった。豊蔵は肩から胸にかけて深く斬られていた。

……こやつが、豊蔵を斬ったのではないか。

と、倉田は思った。

八相から袈裟《けさ》に斬り下ろせば、豊蔵の体に残っていたような傷を生むはずである。

一方、左手に立った痩身の武士は、青眼に構えていた。切っ先が、倉田の首筋につけられている。

倉田はその構えから、

……こやつも、なかなかの遣い手だ。

と察知したが、長身の武士ほどではないようだ。構えに隙はなかったが、相手を威圧するような気魄《きはく》がない。

「いくぞ！」

倉田は青眼に構えた切っ先をやや上げ、長身の武士の左の拳につけた。八相の構えに対応した青眼の構えである。

八相から袈裟に斬り下ろすとき、柄《つか》を握った左の拳が軸になる。敵が左拳に切っ先をつけると、威圧を感じ、敵の構えをくずさないと斬り下ろせなくなるのだ。

長身の武士の目に、驚きの色が浮いた。倉田の構えを見て、手練だと気付いたらしい。だが、すぐに表情が消え、さらに全身に気勢を込めて趾《あしゆび》を這《は》うようにさせてジリジリと間合を狭めてきた。その動きに合わせるように、左手の武士も間合をつめてきた。

4

ふいに、長身の武士の寄り身がとまった。一足一刀の間境の半歩ほど外である。長身の武士の全身に気勢が満ち、斬撃の気配が高まってきた。

……こやつ、この遠間《とおま》から斬り込んでくるようだ。

と、倉田はみた。

武士は長身の上に、足も長そうだ。おそらく踏み込みが大きく、振り下ろした切っ先が伸びるのだろう。

左手の武士も寄り身をとめた。斬撃の間境の一歩外である。

初手は長身の武士だ、と倉田は読んだ。まず、長身の武士が斬り込み、倉田の動きを見てから、左手の武士が斬り込んでくるにちがいない。

長身の武士の構えに斬撃の気が高まった。

……そろそろくる！

と察知した倉田は、先に仕掛けた。

イヤアッ！

突如、裂帛《れっぱく》の気合を発し、飛び込みざま左籠手《こて》へ斬り込んだ。機先を制した一瞬の斬撃である。

瞬間、長身の武士は八相に構えたまま身を引いた。咄嗟《とっさ》に、体が反応したのである。

倉田の切っ先は、空を切って流れた。だが、倉田は己の斬撃がかわされることは承知していた。遠間からの仕掛けなので、切っ先は敵の左籠手までとどかないのだ。

……二の太刀の勝負！

倉田は初めからそうみていたのである。

長身の武士が身を引いた次の瞬間、倉田と武士はほぼ同時に二の太刀をはなった。

倉田はさらに突き込むように左籠手に斬り込み、長身の武士は袈裟に斬り下ろした。ふたりとも、一瞬の太刀捌《さば》きである。

倉田の切っ先が、武士の左手の甲を浅くとらえ、武士の切っ先は倉田の着物の左肩を斬り裂いていた。

一合した次の瞬間、ふたりは大きく背後に跳び、ふたたび八相と青眼に構え合った。ふたりの動きが迅《はや》く、左手にいた痩身の武士は動けなかったようである。

長身の武士の左手の甲に血の色があり、赤い糸を引いて流れ落ちていた。だが、浅手のようである。

「やるな」

長身の武士がくぐもった声で言った。

「おぬしもな」

倉田は長身の武士を見すえたまま切っ先を上げて、ふたたび左の拳につけた。

そのときだった。ワッ！と声を上げて、駒造が左手によろめくように逃げた。右の袖が裂け、あらわになった二の腕が血に染まっている。頭巾をかぶった町人の匕首で斬られたらしい。十手は落したらしく、駒造は素手だった。

浜吉の腕にも血の色があった。目をつり上げ、恐怖で体を顫わせている。

……まずい！

と、倉田は思った。このままだと、駒造と浜吉はふたりの町人に殺される。

　駒造たちだけではなかった。倉田も、ふたりの武士が相手では勝機がなかった。

……逃げねば！

　と倉田は思ったが、逃げようがない。

　正面に立った長身の武士が八相に構え、ジリジリと間合をつめてきた。左手の武士も間合を狭めてくる。

　倉田は後じさった。ふたりの武士の威圧に押されたのである。

　とそのとき、ヒュッ、と礫《つぶて》が風を切るような音がし、長身の武士が身をのけ反らせた。

　石礫だった。稲荷の境内のなかから、飛来した石礫が、長身の武士の背に当ったのだ。

「なにやつ！」

　長身の武士は慌てて後じさり、
　と、叫んだ。

　が、返事はなく、境内の樹陰で黒い人影が動き、つづけざまに石礫が飛来した。

　ひとつは、長身の武士の袴にあたり、もうひとつは痩身の武士の脇腹を直撃した。

「お、おのれ！」

痩身の武士が怒声を上げ、稲荷の境内に走り込もうとした。

ザザッ、と境内の樹木の葉叢《はむら》が揺れ、いくつかの人影がよぎり、つづけざまに石礫が飛来した。

ギャッ！　と叫び声を上げ、痩身の武士がよろめいた。石礫が胸に当たったのだ。夕闇のなかを飛んでくる石礫をかわすのは至難だった。しかも、石礫を打っている者は、ひとりではないようだ。

次々に石礫が飛来し、ふたりの武士だけでなく、駒造と浜吉に匕首をむけているふたりの男にも当たった。

「引け！　引け」

長身の武士が声を上げ、稲荷の境内から逃げるように後じさった。

もうひとりの武士とふたりの町人も境内から離れ、反転して走りだした。

倉田たちを襲った四人の男が遠ざかると、石礫はやんだ。まだ、樹陰にひそんでいるらしく人のいる気配がする。

「どなたか存じませんが、助かりました！」

倉田は人のひそんでいる樹陰にむかって礼の言葉を口にした。

何の返事もなかった。樹陰にいる人影が、かすかに動いただけである。

「どなたでござろうか。お礼をもうしあげたい」

そう声をかけ、倉田は鳥居をくぐって境内に入ろうとした。

すると、ザザッ、と葉叢の揺れる音がし、人影がふたつ、樹陰の濃い闇のなかをよぎった。何人かいるように見えたが、ふたりだけのようだ。

ふたつの人影は稲荷の祠《ほこら》の脇を走り、裏手の樹陰のなかへ消えた。夜走獣を思わせるような素早い動きである。

倉田は足をとめた。すでに人影は闇のなかに消えていたし、駒造と浜吉の傷が気になったのだ。

駒造と浜吉は、川岸近くに立っていた。ふたりは目を剝き、荒い息を吐いていた。駒造の右の二の腕が血に染まっている。浜吉の左の前腕にも、血の色があった。ただ、浜吉の傷は浅いようだった。

すぐに、倉田は駒造のそばに行き、

「駒造、腕をやられたのか」

と、訊いた。駒造の二の腕から血が流れ出ている。

「なに、かすり傷でさァ」

駒造はそう言ったが、顔は苦しげにゆがんでいた。

「ともかく、血をとめよう」

傷は腕だけだが、出血はとめねばならない。傷の箇所にかかわらず、人は大量の出血で死ぬことがある。

倉田は懐から手ぬぐいを出すと、駒造の右腕に手ぬぐいを厚く巻いて縛った。

「浜吉も、念のために縛っておこう」

倉田は、浜吉が持っていた手ぬぐいを出させて傷口を縛ってやった。

「これでいいだろう」

「旦那、もうしわけねえ。助けてもらった上に、手当てまでさせちまって」

駒造が首をすくめるように頭を下げた。

「おれが、助けたのではない」

そう言って、濃い夕闇につつまれた稲荷の境内にあらためて目をやった。境内はしんとして、人のいる気配はなかった。目の前に、杜の樹木が黒く聳《そび》え立っている。

「あっしらを助けるために、石を投げてくれたようで……」

駒造が小声で言った。

「何者だろう」

倉田には、だれが助けてくれたのか分からなかった。ふたりである。人影の感じは、武士でなく町人のようだった。

「あっしにも、分からねえ」

駒造は首をひねった。

「通りすがりの者ではないようだ」

倉田は歩き出しながら、いずれ、みえてこよう、とつぶやいた。倉田は、礫を打って助けてくれたふたりと、近いうちにまた出会うような気がした。

倉田たち三人は竪川沿いの道を大川の方にむかって歩いた。辺りは、濃い夕闇につつまれ、通り沿いの店屋は表戸をしめてひっそりとしていた。足元で竪川の流れの音が、さらさらと物静かに聞こえてくる。

「あっしらを襲った四人は、穴熊一味のようで」

駒造が低い声で言った。

「まちがいない。松波屋の番頭を斬ったのは、背丈のある男とみたが――」

「あっしらを、稲荷の前までおびきだしたんですぜ」

浜吉が昂った声で言った。まだ、興奮と恐怖が胸に残っているようである。

「おれたちが、半助を捕らえたことを知っているのだな」

迂闊《うかつ》に動けない、と倉田は思った。穴熊一味も町方の探索から逃れるために、手を打っているようだ。

5

「どうだ、腕の傷は痛むか」

倉田が駒造に訊いた。

「もう、治りやした。てえした傷じゃァねえし、血もとまりやしたから」

駒造が照れたような顔をして言った。

駒造が右手に傷を負って三日経っていた。まだ、右の二の腕には、晒《さらし》が巻いてあるはずである。ただ、腕なので無理をして動かさなければ、岡っ引きの仕事に支障はないだろう。

「それで、おれんだが、家にいるな」

倉田が歩きながら訊いた。

倉田は巡視の途中だった。いつものように、駒造は江戸橋のたもとで倉田を待っていたのである。

「おりやす。浜吉と登七とで、見張っているはずでさァ」

駒造は倉田に跟《つ》いて歩きながら言った。

「あれから、益造や他の仲間も、おれんの家に顔を出さないのだな」

「へい、おれんはときどき、近所の八百屋や魚屋などに出かけているようですが、男と会っている節はねえようです」

「これ以上、泳がせておいても無駄だな」

「おれんを引きやすか」

「捕ろう」

倉田は、おれんの見張りをつづけても、益造はむろんのこと使いの者もあらわれないだろうと思った。それに、下手に夕暮れまで見張っていたりすると、逆に穴熊一味に襲われる恐れがある。

ただ、おれんを捕らえても、益造たち穴熊一味を手繰る手掛かりは期待できなかった。おれんが益造たちの居所を知っていれば、真っ先におれんを始末しただろう。

「いつ、やりやす」

駒造が倉田に顔をむけて訊いた。

「早いい方がいいな。今日の夕方はどうだ」

倉田は、高岡と利根崎の手を借りようと思った。穴熊一味に襲われたとき、倉田と手先だけでは太刀打ちできないのである。

女ひとり捕らえるのに、大勢で出向くのは気が引けたが、穴熊一味に腕のたつ武士がふたりいることを考えれば、やむをえない。

倉田は賑やかな日本橋川沿いの道を通り抜けたところで、おれんを捕る手筈《てはず》を駒造と相談した。

その日の七ッ（午後四時）前に、倉田は小者の利助を連れて八丁堀の組屋敷を出た。倉田は半助を捕らえたときと同じように八丁堀ふうではなく、軽格の御家人のような格好をしていた。穴熊一味に、八丁堀同心が出向いたことを知られたくなかったのだ。

新大橋を渡ったところに、高岡と利根崎が待っていた。ふたりとも、御家人ふうの格好である。手先は四人いた。それで十分だった。捕らえるのは、おれんひとりである。それに、倉田の手先が三人、おれんを見張っているので、都合手先だけで七人になる。

「利根崎さん、ご足労をおかけします」

倉田は年長の利根崎にあらためて頭を下げた。

「なに、お互いさまだよ」

利根崎が笑みを浮かべて言った。

利根崎は鶴のように痩せていた。面長で、顎がとがり、喉仏がビクビクと動く。そうした風貌から受ける印象とちがって、利根崎は温和で心根がやさしかった。

貧乏人や女子供に優しく、下手人に対しても思いやりがあったので、利根崎を知る者たちは「仏の旦那」とか「仏同心」などと呼んでいた。

「行きますか」

倉田が先に立った。

高岡と利根崎は、倉田からすこし間をおいてついてくる。

六間堀町の路地沿いの笹藪の陰に、駒造、浜吉、登七の三人が身を隠していた。

斜向《はすむ》かいにあるおれんの住む家を見張っていたのだ。

「どうだ、おれんはいるか」

倉田が訊いた。

「いやす。家に入ったままでさァ」

登七によると、昼ごろ、おれんは仕舞屋を出たが、ちかくの煮染屋《にしめや》に立ち寄っただけで家にもどり、その後は外に出てこないという。

「おれん、ひとりだな」

倉田が、念を押すように訊いた。

「へい」

登七と浜吉が、いっしょにうなずいた。

倉田は、高岡と利根崎に、この場で様子を見ていてくれ、と頼み、駒造、浜吉、登七の三人だけを連れて、仕舞屋に足をむけた。おれんひとりを捕らえるなら、手先が三人いれば十分である。倉田が懸念していたのは、おれんを捕らえることより、穴熊一味の襲撃だったのだ。

登七が仕舞屋の戸口の引き戸をそっとあけた。

なかは薄暗かった。敷居につづいて土間があり、すぐに座敷になっていた。そこにおれんの姿はなかった。居間らしく、長火鉢が置いてある。

居間の先に障子がたててあり、その向こうでかすかな物音がした。畳を踏む音らしい。

「おれん、姿を見せろ」

倉田が声を上げた。

　すると、障子があき、年増が顔を出した。おれんである。

　おれんは驚いたような顔をして、倉田と駒造たちを見た。咄嗟に、土間に立っている男たちが、だれなのか分からなかったらしい。

「おれん、お上の御用だ。上がらせてもらうぜ」

　そう言って、駒造たち三人が上がり框から踏み込むと、おれんの顔から血の気が引いた。倉田や駒造たちが何のために来たか分かったようである。

「あ、あたし、お上の世話になるようなことはしてません」

　おれんが、声を震わせて言った。顔が蒼ざめ、立っていられないほど体が顫えだした。

「おれん、話を聞くだけだ。おとなしく、ついてきな」

　倉田は土間に立ったままおだやかな声で言った。

　おれんはまったく抵抗しなかった。駒造たちのなすがままに後ろ手に縛られ、倉田につづいて戸口から外に出た。

　倉田はあらためて路地に目をやった。すでに辺りは、淡い夕闇に染まっていた。路地に人影はなく、ひっそりと静まっている。

　……穴熊一味はいないようだ。

と、倉田はみてとった。

倉田たちが、おれんを路地に連れ出すと、笹藪の陰から高岡と利根崎が手先とともに姿を見せた。

「引き上げよう」

倉田が男たちに声をかけた。

念のために、おれんを連れた倉田たちの前に高岡がたち、背後を利根崎がかためた。穴熊一味の襲撃にそなえたのである。

倉田たちは新大橋を通り、日本橋の町筋を抜けて南茅場町の大番屋までおれんを連れていったが、穴熊一味は姿を見せなかった。

6

翌日、おれんは大番屋の吟味の場に引き出された。吟味にあたったのは新十郎である。

おれんは土間に敷かれた筵《むしろ》に座らされると、紙のように蒼ざめた顔で激しく身を顫わせた。

「おれん、まず、益造とのかかわりを聞かせてくれ」

新十郎が切り出した。おだやかな声である。

「は、はい、あのひととは、三年ほど前に知り合いました」

おれんは、すぐに話しだした。隠す気はないらしい。それに、おれんは益造が穴熊一味とは知らないようだった。

おれんによると、三年ほど前まで柳橋にある料理屋の座敷女中をしていたという。そのとき、客として来ていた益造と知り合い、大金を積まれたこともあって妾として六間堀町の仕舞屋に住むようになったという。

「益造だが、何を生業にしていると話したのだ」

新十郎が訊いた。

「日本橋にある太物問屋の隠居だと言ってました」

おれんがそう言ったとき、

「益造だが、隠居にしてはすこし若いのではないか。四十がらみと言う者もいるぞ」

新十郎は、半助から益造は四十がらみと聞いていたのだ。

「あのひと、店は倅《せがれ》さんに譲ったので、おれは若隠居だと言ってました」

「若隠居な。……それで、益造だが六間堀町の家を出たようだな」

「はい」

「どういうわけだ」

「ちかごろ、おれを付け狙っている者がいるようなので、しばらく身を隠すと言ってました」

益造は、当分の間、おれんが暮らしていけるだけの金を渡し、半助という男をときどき寄越《よこ》すので、何かあったら知らせろと言って家を出たという。

「おれん、益造だが、いまどこにいるか知っているか」

新十郎はおれんを見すえて訊いた。

「し、知りません」

おれんが、声をつまらせて答えた。

「まったく、知らないのか。町名も、分からないのか」

新十郎は益造の隠れ家をつきとめる手掛かりが欲しかった。

「あたしが、あのひとに訊いたとき、指を三本たてて、この橋のそばだよ、と笑いながら言ったけど……」

「指を三本立てて、この橋のそばだと。……どういうことだ」

新十郎がそう言ったとき、脇でやり取りを聞いていた倉田が、

「三ツ目橋の近くかもしれません」

と、身を乗り出すようにして言った。

倉田は何度も竪川沿いの道を行き来していたから、三ツ目橋ではないかと思ったのだ。そうでなければ、どこの橋なのか見当もつかなかっただろう。

「そうか、三ツ目橋か」

三ツ目橋は、竪川にかかっている橋である。

「長屋か、それとも借家か」

新十郎がつづいて訊いた。

「知りません。あのひと、橋のそばだと言っただけで、後は何を訊いても口をつぐんだままでした」

「うむ……」

新十郎は一息ついてから、

「おれん、おまえが六間堀町の家で益造と暮らしていたとき、益造の仲間が家に来るようなことはなかったのか」

と、声をあらためて訊いた。新十郎は、益造の仲間の名と隠れ家を聞き出そう

としたのだ。

「仲間かどうか知りませんが、一度だけ大店の旦那ふうのひとが訪ねてきたことがあります」

おれんによると、ふたりは奥の座敷にこもって、しばらく話し込んでいたという。座敷から出てきたとき、ふたりが深刻そうな顔をしていたので、後で、おれんが益造に訊くと、昔話をしていただけだと口にしたそうだ。

「その男の名を訊いたか」

「いえ、名は聞きませんでした」

おれんが首を横に振った。

「その男のことで、何か覚えていることはないかな」

なおも、新十郎が訊いた。

「しゃがれ声でした」

おれんによるとその男は中背で、歳は四十代半ばに見えたという。

「留五郎かもしれん」

新十郎は、倉田から留五郎がしゃがれ声で中背だと聞いていた。倉田は益造の元情婦《いろ》で小料理屋の女将だったおとよという女から聞いたらしい。年格好も、話に聞いていた留五郎と合っている。

それから、新十郎は留五郎と思われる男の居所や他の仲間のことなどを訊いたが、おれんは知らなかった。おそらく、益造は穴熊一味の仲間のことをおれんに知られないように気を配って暮らしていたのだろう。

新十郎の吟味が一段落すると、

「お役人さま、あたしを家に帰してください」

おれんが、すがりつくような目をして新十郎に訴えた。

「おれん、益造の正体を知っているか」

新十郎が低い声で訊いた。

「……！」

おれんは、息をつめて新十郎を見つめた。ここまで話してきて、おれんも益造が太物問屋の隠居ではないと気付いているようだ。

「益造は熊だよ」

「熊……」

おれんが首をひねった。

「いま、江戸を騒がせている盗賊、穴熊一味だ」

「穴熊一味！」

おれんの顔から、サッと血の気が引いた。

「このまま家に帰れば、益造に殺されるぞ。それが嫌だったら、しばらくここで暮らすんだな」

そう言い置いて、新十郎は立ち上がった。

7

倉田は駒造、浜吉、登七の三人を連れて、竪川沿いの道を東にむかって歩いていた。新十郎が、おれんを吟味した翌日である。倉田は、益造の隠れ家をつきとめるために三ツ目橋の近くを探ってみるつもりだった。

倉田たちは、三ツ目橋のたもとまで来て足をとめた。そこは、竪川の北側で緑町五丁目である。

「借家と長屋をあたってみてくれ。ちかごろ、身なりのいい四十がらみの男が越してこなかったか訊けばいい」

倉田は四人で手分けしてあたるつもりだった。

「一刻（二時間）ほどしたら、ここにもどってくれ。益造の隠れ家が知れなかったら、橋の向こう側をあたる」

橋のたもと近くにある借家と長屋は、そう多くないだろう。四人で手分けして一刻も聞き込めば、そうとう広範囲に探れるはずである。ただ、おれんから橋の近くとだけ聞いていたので、橋の南側もあたらねばならない。

八ツ（午後二時）ごろだった。一刻ほどでもどれば、橋の南側も探れるだろう。

倉田たち四人は、その場で別れた。倉田は、橋の西側をあたることにした。竪川沿いはきちんと区割りされていて、町人地は川沿いにひろがっていた。町人地の奥は武家地で、小身の旗本や御家人の屋敷がびっしりとつづいている。

倉田は町人地の路地を歩き、まず付近に長屋か借家があるかどうか訊き、あればその近くまで行って、益造らしき男が越してきたかどうか尋ねた。

倉田は一刻近く歩いて聞き込んだが、それらしい長屋も借家もなかった。

……橋のたもとにもどるか。

陽は傾きはじめていた。家並の間から射し込んだ西陽が路上に伸びている。行き交う人々は日没に急《せ》かされるように足早に通り過ぎていく。

倉田は三ツ目橋のたもとにもどった。橋のたもとに、駒造と登七の姿があった。

まだ、浜吉はもどっていなかった。

「どうだ、益造の隠れ家は知れたか」

倉田は、駒造と登七に訊いた。

「駄目でさァ。何も出てこねえ」

登七が言うと、駒造もうなずいたが、

「隠れ家は知れやせんでしたが、妙なことを耳にしやしたぜ」

と、倉田に目をむけながら言った。

「妙なこととは？」

「へい、あっしらと同じようなことを訊きまわっていたやつが、いるようなんで」

駒造が話したことによると、小柄な年寄りが、駒造と同じようなことを聞きまわっていたという。

「御用聞きか」

「それが、小店の旦那ふうだったそうで」

「小店の旦那ふうの年寄りな……」

倉田はおとよから話を聞いたとき、小店の旦那ふうの年寄りが、益造のことを訊きにきた、と口にしていたのを思い出した。

……同じ男かもしれない。

と、倉田は思った。

そんなやり取りをしているところに、浜吉が小走りにもどってきた。急いで来たらしく顔が紅潮し、息が乱れている。

「だ、旦那、益造の隠れ家が知れやした！」

浜吉が、声をつまらせて言った。

「知れたか」

「へい、ちかごろ、借家に四十がらみの男が越してきたそうです」

「それで、借家を見てきたのか」

「見てきやしたが、留守のようで……」

浜吉が口早に話したことによると、借家の前を通り過ぎながら、なかの様子をうかがったが、話し声も物音も聞こえなかったという。

「ともかく、行ってみよう。浜吉、案内《あない》しろ」

「へい」

浜吉が、先にたって歩きだした。

浜吉は竪川沿いの道を東にむかった。倉田とは反対方向に行って聞き込んだのである。川沿いの道を三町ほど歩くと、浜吉は、こっちでさァ、と言って、左手の狭い路地に入った。

浜吉は路地をいっとき歩くと路傍に足をとめ、

「その家ですぜ」

と言って、斜向かいの仕舞屋を指差した。

古い小体な家で、両脇と背後に板塀がまわしてあった。正面は路地に面している。

倉田たちは足音を忍ばせて、板塀に近付いた。

……益造が家にいたら、ここで捕らえよう。

と、倉田は思った。日を置くと、また益造に逃げられるような気がしたのだ。それに、益造ひとりを捕らえるなら、倉田と三人の手先で十分である。

倉田は板塀に身を寄せて聞き耳をたてた。家のなかはしんとして、物音も人声も聞こえなかった。ひとのいる気配もない。

……留守のようだ。

と、倉田は思ったが、妙に胸騒ぎがした。駒造が、小店の旦那ふうの男が益造のことを聞きまわっていたという話を思い出したのだ。

「前にまわってみるか」

そう小声で言い、倉田は足音を忍ばせて表の戸口の方にまわった。駒造たち三人もついてきた。

戸口の引き戸に身を寄せたが、やはり物音も話し声も聞こえなかった。

「だ、旦那、戸があきやすぜ」

駒造が戸に手をかけて言った。

「入ってみよう」

「へい」

駒造が、そろそろと音のしないように戸をあけた。

家のなかは薄暗く、静寂につつまれていた。土間の先に狭い板敷きの間があり、その先に障子がしめてあった。

「だ、旦那、障子……」

駒造が、声を震わせて前の障子を指差した。

障子が無数の黒い染みのようなものに染まっていた。飛び散った血飛沫《ちしぶき》のようである。

「血だぞ！」

大量の血が飛び散ったようだ。障子の向こうの部屋で、だれかが殺されたのではあるまいか。

倉田は上がり框から板敷きの間に踏み込んだ。駒造たち三人もつづき、腰をかがめ忍び足で障子に近付いた。

倉田がそっと障子をあけた。

アッ、と声を上げ、倉田は息を呑んだ。

座敷に男が倒れていた。辺りは、どす黒い血の海である。

「こ、殺されている！」

浜吉が甲走《かんばし》った声を上げた。

倉田たち四人は、飛び散った血を踏まないように横たわっている男に近付いた。

男は横向きに倒れていた。身装は黒羽織に細縞の小袖、黒足袋をはいている。商家の旦那ふうである。

男は血海のなかに頬を埋め、目を剝いたまま死んでいた。首筋に刃物で斬られたような傷があった。そこから激しく出血したらしく、顎から胸にかけて血まみれである。

「益造だ……」

男の年格好は四十がらみだった。面長で頬がこけ、顎がとがっている。おれんから聞いていた益造の顔付きである。

「だれが殺《や》ったんだ」

駒造が昂った声で言った。

「小店の旦那ふうの年寄りだな」

倉田は、下手人はさきほど駒造から聞いた男だろうと思った。

その年寄りは、益造の命を狙っていたにちがいない。益造も、命を狙われていることを知っていて、おれんと暮らしていた家からここに身を隠したのだ。

……年寄りは、益造だけを狙っていたのではない。

倉田は、年寄りが穴熊一味全員の命を狙っているような気がした。助次郎を殺した下手人も、同じ人物であろう。

そのとき、倉田の脳裏に、石礫を投げて穴熊一味の四人の待ち伏せから倉田たちを助けてくれたふたつの人影がよぎった。

……年寄りもそうだが、あのふたりは何者なのだ。

倉田は胸の内でつぶやいた。ふたりは、町方でも穴熊一味でもない。益造と助次郎を殺した年寄りもそうだが、事件の背後にはまだみえていない者たちがいる。

第五章　悪党たち

1

倉田が同心詰所から市中巡視に出ようとすると、田上が小走りに近寄ってきた。

「倉田、手を貸してくれ」

田上が小声で言った。

「なんですか」

「おまえに、見てもらいたい者がいる。……黒江町でな、繁田の隠れ家らしい借家を見つけたのだ」

田上によると、岡っ引きの稲六がそれらしい借家を見つけたが、繁田かどうか分からないという。

「倉田は、穴熊一味の武士に襲われたことがあったな。それで、おまえに見てもらえば、繁田かどうかはっきりすると思ったのだ」

「顔は見てませんが」

頭巾をかぶっていたので、顔は見えなかったのだ。

「体付きを見れば、分かるだろう。それにな、借家に住んでいるのは、繁田ひとりではないようなのだ」

「家族がいっしょですか」

「いや、家族ではない。遊び人ふうの町人だ。……稲六が、近所で聞き込んだことによると、ちかごろ、借家に町人が転がり込んだようだ。その男も、倉田が見れば、襲われたときいっしょにいた男かどうか分かるかと思ってな」

「分かりました。田上さんに、お供しますよ」

倉田も、顔は見ていなかったが、体付きや身構えで穴熊一味かどうか分かるだろうと思った。穴熊一味とはっきりすれば、その男が繁田とみていいだろう。

「巡視を早目に切り上げて、深川の黒江町に来てくれ」

「承知」

その後、倉田は田上と今後の手筈を打ち合わせてから同心詰所を出た。

倉田はいつものように駒造と浜吉を連れて、市中巡視をした後、いったん八丁堀の組屋敷にもどり、御家人ふうに身を変えてから深川にむかった。

永代橋のところで、駒造と浜吉が待っていた。市中巡視の途中、倉田が駒造に繁田の隠れ家らしい借家が見つかり、田上とともに繁田と思われる武士の顔を確かめに行くと話すと、駒造が、あっしも行きやす、と言い出したので連れていくことにしたのである。

倉田たちが永代橋を渡ると、橋のたもとで田上と稲六が待っていた。田上も、八丁堀同心とは分からない格好で来ていた。

「こっちですぜ」

稲六が先に立った。

倉田たちは、大川端の通りを川下にむかって歩き、相川町を出たところで左手の通りに入った。そこは、富ヶ岡八幡宮の門前通りにつづく賑やかな通りで、参詣客や遊山客などで賑わっていた。

しばらく歩くと、掘割にかかる八幡橋が見えてきた。橋の先には八幡宮の一ノ鳥居があり、繁華街らしく通り沿いには料理屋、料理茶屋、遊女屋などが並んでいた。その華やかな通りを、大勢の客が行き交っている。

稲六は八幡橋を渡ったところで左手におれ、掘割沿いの道に入った。すこし歩くと、辺りが急に寂しくなった。料理屋や料理茶屋などはなくなり、小体なそば屋、小料理屋、飲み屋などが目立つようになった。人影もまばらである。

さらに歩くと、飲み食いする店もなくなり、小体な八百屋、魚屋、煮染屋などに混じって長屋や仕舞屋などが多くなった。

「あの家ですぜ」

そう言って、稲六が前方を指差した。

雑草の茂った空き地があり、その先に借家らしい仕舞屋があった。家の前は、路地を隔てて掘割になっていた。

「稲六、繁田らしい男は家にいるのか」

田上が念を押すように訊いた。

「いるはずでさァ」

稲六によると、昼過ぎ様子を見にきたときは、家のなかで話し声が聞こえたという。武士と町人らしい物言いだったそうだ。

「ともかく、身を隠して様子をみるか」

そう言って、田上は辺りに目をやった。

すると、稲六が、

「あの樫の木の陰がいいですぜ。あっしは、そこで見張ってたんでさァ」

と言って、空き地の隅を指差した。

雑草のなかに、太い樫がこんもりと枝葉を茂らせていた。その陰にまわれば、身を隠せそうである。

倉田たちは、すぐに樹陰にまわった。

「やつが、家にいるかどうか確かめてきやす」

そう言い残し、稲六は路地に出て仕舞屋の方に足をむけた。様子を見にきてから時が経ったので、はたしてふたりがいるかどうか気になったのだろう。

稲六は家の前まで行くと、すこし歩調をゆるめて戸口に近寄ったが、足をとめずにそのまま通り過ぎた。そして、すこし離れたところできびすを返し、倉田たちのいる樹陰にもどってきた。

「ふたりとも、いやすぜ」

稲六によると、家のなかから男の話し声が聞こえたという。

「そうか。……後は、姿をあらわすまで待つしかないか。面割りのために、家に踏み込むわけにはいかないからな」

田上が言った。

「そのうち、出てくるだろうよ」

そう言って、倉田は西の空に目をやった。

陽は西の家並の向こうに沈みかけていた。あと、小半刻（三十分）もすれば、暮れ六ツ（午後六時）の鐘が鳴るだろう。

倉田は、家のなかにいるふたりが、このまま夜を過ごすとは思えなかった。ふたりが夕めしの支度をするはずはないし、懐が暖かいはずなので酒を飲みに出るか女を抱きに行くか、いずれにしろ家のなかでくすぶっているようなことはないだろう。

いっときすると、暮れ六ツの鐘が鳴った。まだ、上空には明るさが残っていたが、樹陰は淡い夕闇につつまれていた。さきほどまで、ちらほらあった路地の人影も、急にすくなくなり、ときおり居残りで仕事をしたらしい職人や一杯ひっかけた男などが通りかかるだけである。

「だれか、出てきやす」

浜吉が声を殺して言った。

見ると、仕舞屋の戸口の引き戸があき、人影が路地に出てきた。縞柄の小袖を裾高に尻っ端折りした男と小袖に袴姿の武士である。牢人ふうだった。黒鞘の大刀を一本差していた。

ふたりの男は、倉田たちのいる方に歩いてくる。

倉田はふたりを見つめた。遠方ではっきりしないが、武士の体軀が稲荷の前で襲ってきた痩身で中背の男に似ているような気がした。

ふたりは、しだいに近付いてきた。

……おれと闘った男だ！

倉田は確信した。体軀もそうだが、歩く姿や腰の据わりぐあいなどからみて、左手に立って切っ先をむけた男にまちがいない。面長で、鼻梁《びりょう》が高かった。頰がこけて、頤《おとがい》が張っている。

そのとき、駒造が、

……あの野郎だ！

と、声を殺して言った。

遊び人ふうの男で、面長・切れ長の目をしていた。倉田も町人の顔に見覚えがあった。おれんの家を訪ねてきた男である。後で駒造に聞いて分かったのだが、その町人は匕首で駒造の腕を斬った男だという。

ふたりの男はゆっくりとした歩調で、倉田たちの前を通り過ぎ、掘割沿いの道を表通りの方へむかった。

「尾けてみますか」

倉田が田上に顔をむけて言った。

「よし」

田上がうなずいた。

ふたりの男が半町ほど遠ざかったところで、倉田たちは樹陰から路地に出た。倉田たちはひとり、ふたりとすこし間をとって歩いた。五人が、いっしょになって尾行するわけにはいかなかったのである。

2

「倉田の旦那、店に入りやすぜ」

後ろにいた駒造が、倉田に身を寄せて言った。

前を行くふたりは料理屋の前で足をとめ、路地に目をやってから暖簾をくぐった。そこは、八幡橋近くの路地沿いだった。この辺りまで来ると、料理屋、そば屋、飲み屋などが軒を連ね、行き交う人の姿も多くなる。

倉田たちは足をとめずに、料理屋の前を通り過ぎた。歩きながら店先に目をやると、玄関脇の掛け行灯に、福寿屋《ふくじゅや》と書いてあった。客が入っているらしく、二階の座敷から嬌声や客の哄笑《こうしょう》などが賑やかに聞こえてきた。

倉田たちは、八幡橋のたもとまで行って足をとめた。そこから、福寿屋まで半町ほどしかない。橋のたもとから、福寿屋の二階の座敷が見える。

「料理屋に飲みにきたのか」

田上がつぶやいたときだった。

「く、倉田の旦那！　あの二本差し──」

駒造が声をつまらせて言い、掘割沿いの道を指差した。

倉田は掘割沿いの道に目をやった。長身の武士が、福寿屋の方に歩いていく。

……あやつも、おれと闘った男だ！

思わず、倉田は胸の内で叫んだ。

まちがいない。顔ははっきりしないが、長身で腰の据わった体付きに見覚えがあった。遣い手らしく、歩く姿にも隙がない。倉田の正面に対峙《たいじ》し、八相と青眼に構えて立ち合った男である。

その長身の武士といっしょに、商家の旦那ふうの男が歩いていく。細縞の羽織に同柄の小袖だった。金回りのいい商家の旦那ふうだった。後ろ姿なので顔は見えないが、中背である。それに、年配のように感じられた。

「旦那、いっしょに歩いていく男、留五郎かもしれやせんぜ」

駒造が身を乗り出すようにして言った。

「そうだな」

倉田も、留五郎のような気がした。おとよから、留五郎は中背で四十半ばだと聞いていた。それに、商家の旦那ふうということだった。

「尾けるぞ」

倉田は、小走りに掘割沿いの道にむかった。田上や駒造たちが、慌ててついてきた。

そうしている間に、長身の武士と留五郎らしい男は福寿屋に入った。

倉田は堀際に足をとめ、福寿屋の店先を見つめながら、

「穴熊一味がそろったようだぜ」

と、つぶやいた。

先に入った繁田らしい武士と町人、それに長身の武士と留五郎らしい男。これだけそろえば、穴熊一味の四人が顔をそろえたとみていいだろう。松波屋と信濃

屋に押し込んだ穴熊一味は、七人である。そのうち、益造と助次郎はすでに殺されている。残るは五人だが、そのうち四人が福寿屋に集まったことになる。

……いや、五人とも顔をそろえているのではないかな。

と、倉田は思った。残るひとりは町人のはずだが、倉田たちが目にしなかっただけかもしれない。

「穴熊一味が顔をそろえたようですよ」

倉田が田上に言った。

「そのようだな」

田上の顔がひきしまった。

「一味の隠れ家をつかむいい機会です」

「やつらが、店から出てくるのを待って跡を尾けるのだな」

「そうです」

倉田は、今夜を逃す手はないと思った。尾行する人数も、そろっている。

「よし、やろう。……今夜は長丁場になりそうだ」

田上が低い声で言った。闇のなかで、田上の双眸が猛禽を思わせるように鋭くひかっている。

倉田たちは、交替で腹ごしらえをしてくることにした。穴熊一味はすぐに福寿屋から出てこないとみたのである。

倉田たちは、福寿屋の玄関先が見える暗がりに身をひそめた。そこは、福寿屋の近くにある店仕舞いした八百屋の脇だった。深い闇につつまれ、路地から倉田たちの姿を見ることはできない。

先に、倉田・駒造・浜吉の三人が近くのそば屋に行き、交替して田上と稲六が腹ごしらえをしてもどった。

穴熊一味は、まだ姿を見せなかった。福寿屋は客が大勢入っているらしく、二階の座敷の障子が明らみ、酔客の哄笑や濁声、嬌声などがさんざめくように聞こえてきた。

駒造たちがもどって半刻(一時間)ほど経ったろうか。

稲六が身を伸ばすようにして、

「店から客が出てきやすぜ」

と、倉田たちに声をかけた。

見ると、福寿屋の格子戸があき、話し声といっしょに人影が出てきた。

「穴熊一味だ!」

倉田が言った。

店の女将らしい女につづいて、中背の商家の旦那ふうの男が出てきた。つづいて、遊び人ふうの町人がふたり、さらに武士がふたり姿を見せた。

「五人だ！」

浜吉が声を上げた。

町人体《てい》の男がひとりくわわっている。おそらく、倉田たちが見ていないとき店に入ったのだろう。

「あいつ！　おれの腕を斬った男だ」

浜吉が店先にいる男を指差して言った。竪川沿いの道で襲われたとき、浜吉の左腕に斬りつけた男らしい。ずんぐりした体軀だった。そういえば、倉田もその体付きに見覚えがあった。

「これで、一味はすべてそろったわけだな」

田上が男たちを見すえながら言った。

そのとき、商家の旦那ふうの男が、「女将、また、来る」と声をかけ、玄関先から離れた。

……やつが、留五郎だ！

と、倉田は確信した。

旦那ふうの男の声が、しゃがれ声だったのである。

留五郎につづいて、長身の武士とずんぐりした体軀の男が店先から離れた。三人は八幡橋の方へむかって歩きだした。

繁田と思われる武士といっしょに店にきた男は、来た道を引き返していく。塒である掘割沿いの借家にもどるのだろう。

「どうします」

倉田が田上に訊いた。

「後のふたりは塒に帰るだけだろう。留五郎たち三人を尾けよう」

「承知」

倉田は五人で尾けることもないと思ったが、三人がどこかで別れることも考えて、五人で尾けることにした。それに、繁田たちの塒は分かっているので、ここで尾行する必要はないのだ。

3

「別れたぞ」

駒造が言った。

前を行く三人は八幡橋のたもとまで来たとき、遊び人ふうの男がひとりだけ別れ、富ヶ岡八幡宮の門前通りを左手におれた。一方、留五郎と長身の武士は八幡橋を渡り、そのまま西にむかっていく。

「駒造、浜吉とふたりで、町人を尾けてくれ」

倉田が指示した。

「へい」

駒造が答え、すぐに浜吉とふたりで遊び人ふうの男の跡を尾け始めた。

倉田、田上、稲六の三人は、留五郎と長身の武士を尾けていく。

留五郎たちは掘割にかかる福島橋の近くまで来ると、左手の路地に入った。そこは中島町である。

留五郎たちは路地をしばらく歩いて掘割脇の道に出ると、仕舞屋の前に足をとめた。富商の隠居所か旗本の別邸を思わせるような大きな家だった。板塀でかこってあり、通りに面したところには木戸門もあった。

留五郎たちは、門扉を押してなかに入った。閂《かんぬき》ははずしてあったらしい。

……ここが、やつの塒だ。

倉田は確信した。

田上と稲六も路傍に立って、留五郎たちが入った門に目をむけていた。三人の目が、夜陰のなかで青白くひかっている。

翌日、倉田は田上とともに中島町に足をむけた。稲六はいっしょだったが、駒造と浜吉の姿はなかった。ふたりは、八幡橋のたもとで別れた遊び人ふうの男の正体をつかむために先に出かけていたのである。

倉田たちは留五郎と長身の武士が入った仕舞屋の近所をまわって、それとなく聞き込んだ。その結果、留五郎は日本橋の呉服屋の隠居という触れ込みで、五年ほど前から仕舞屋に住むようになったことが分かった。名も留五郎でなく、友《とも》右衛《え》門《もん》とのことだった。むろん、偽名であろう。

六年ほど前まで、仕舞屋には深川今川町の油問屋の隠居が住んでいたそうだが、病死した後、空き家になっていたのを留五郎が買い取ったらしい。穴熊一味として奪った金を使ったのだろう。

当初、留五郎は若い妾といっしょに暮らしていたが、妾は三年ほど前に流行病《はやりやまい》で死んだそうである。

また、長身の武士の名は荒木田桑十郎《あらきだそうじゅうろう》で、半年ほど前から留五郎の家に住み着くようになったという。倉田たちが話を聞いた近所の住人のなかに、荒木田は留五郎の用心棒ではないかと口にする者もいた。

倉田も、荒木田は穴熊一味のひとりであるとともに留五郎の用心棒役を果たしているのではないかと思った。

また、駒造と浜吉が、もうひとりの遊び人ふうの男の正体をつかんできた。名は甚七《じんしち》、深川蛤町《はまぐりちょう》の松蔵店《まつぞうだな》にひとりで住んでいた。

長屋の住人の話では、甚七は三年ほど前に松蔵店に越してきたが、住人たちとの付き合いはなく、何を生業に暮らしているか分からないという。日中は家でぶらぶらしていることが多く、働いている様子はないそうだ。そのくせ、料理屋や女郎屋などに出入りしているらしい。長屋の住人は甚七を遊び人か博奕打ちとみて、怖がって近付かないという。

倉田は駒造から話を聞くと、

……甚七も、穴熊一味のひとりだ。

と、確信した。

倉田たちが福寿屋に集まった五人の跡を尾けた四日後、北町奉行所の同心詰所に新十郎をはじめとする鬼彦組の面々が集まった。

「穴熊一味の塒が、知れたそうだな」

と、新十郎が切り出した。顔がひきしまっている。

「一味五人の名と、居所が知れました」

すぐに、田上がつづいた。眉が濃く、眼光の鋭い剽悍《ひょうかん》そうな顔がかすかに赤みを帯びていた。田上も気が昂《たかぶ》っているようだ。

「田上、話してくれ」

新十郎が話の先をうながした。

「それがしと倉田とで、たまたま居所をつかんだ繁田の跡を尾けて皆の塒が分かったのです」

そう前置きして、田上が話し出した。

田上の手先の稲六が、黒江町の掘割沿いの借家の近隣で聞き込み、中背の武士が繁田で、遊び人ふうの男の名が政次《まさじ》であることをつかんだのだ。

田上は、まず留五郎と荒木田桑十郎の隠れ家を話した後、留五郎が一味の頭目ではないかと言い添えた。そして、倉田に目をむけ、

「倉田からも話してくれ」

と言って、さらに一味のことを話すよううながした。

「それがしも、残る五人のなかで、留五郎が頭目格ではないかとみています」

倉田は、留五郎が年配であり、十年ほど前の穴熊一味のひとりであったことなどを上げた。

「荒木田と繁田は、倉田たちを竪川沿いで襲ったふたりの武士か」

新十郎が訊いた。

「まちがいありません。ふたりとも、遣い手です。それに、松波屋と信濃屋の番頭を斬ったのは、荒木田とみています」

倉田は、荒木田の八相からの斬撃がふたりの番頭を袈裟に斬ったのではないか、と語った。

「牢人だな」

「はい」

倉田は、荒木田と繁田は主持ちの武士ではないとみていた。

「それで、もうひとりの町人は？」

「名は甚七です」

倉田は甚七の塒を話した。

「これで、穴熊一味の残る五人が知れたわけだな」

新十郎が、頭目格の留五郎、牢人の荒木田と繁田、それに町人の甚七と政次の名を上げた。

「一味は五人だが、日をおかずに捕りたい」

新十郎が集まった同心たちに視線をまわし、強いひびきのある声で言った。

「彦坂さま、すぐに一味を捕らえましょう」

高岡が勢い込んで言った。

「だが、一味の塒は三か所だ。捕方を三手に分けると、それぞれが手薄になる。かといって、北町奉行所の同心たちを掻き集めるわけにもいかないし……」

新十郎は、できれば鬼彦組の者たちだけで一味を捕縛したいと思った。手柄を独り占めにしたいからではない。他の与力の出役を頼み、それぞれが同心や手先たちを集めることになれば、騒ぎが大きくなり、穴熊一味に洩れる恐れがあるからである。

それに、新十郎の頭には、ふたりの武士のことがあった。ふたりとも手練だという。下手に捕方が取り押さえようとすれば、大勢の犠牲者が出る。

「おれたちだけで、五人を捕る。仕掛けるのは、明日の日暮れ時――」

新十郎がつづけた。

「ひそかに、手先たちを永代橋のたもとに集めてくれ」

「心得ました」

狭山が言うと、倉田たち五人がいっせいにうなずいた。

4

倉田は手先を連れて永代橋を渡った。連れてきたのは、登七と小者の利助だけだった。駒造と浜吉は先に蛤町に行き、甚七の住む長屋を見張っているはずである。

まだ七ツ（午後四時）前だが、曇天のせいか夕暮れ時のように薄暗かった。それでも、永代橋は大勢の人々が行き交っていた。すぐに雨が降ってくるような空模様ではないが、薄暗いせいで気が急くのか、足早に通り過ぎていく者が多かった。

倉田は小袖を着流し、羽織の裾を帯に挟む巻羽織と呼ばれる八丁堀ふうの身装《みなり》で来ていた。登七たちも、ふだん町を歩く格好である。倉田は、たまたま巡視の途中で穴熊一味を発見し、急遽《きゆうきよ》仲間の同心を集めて捕らえたことにするつもりだった。それで、巡視の格好で来ていたのである。

永代橋のたもとには、高岡、根津、利根崎の姿があった。その近くに、高岡たち三人の手先と思われる者たちが十数人集まっていた。まだ、新十郎の姿はなかった。

臨時廻り同心の狭山と田上は、手先とともに黒江町の繁田たちと中島町の留五郎たちの隠れ家を見張っているはずである。

「彦坂さまは、まだか」

倉田が高岡に身を寄せて訊いた。

「まだです」

「そろそろみえるだろうな」

七ツごろに、永代橋のたもとで待ち合わせることになっていたのだ。

倉田が橋のたもとに来ていっときしたとき、

「彦坂さまが、お見えだ」

根津が言った。

永代橋に目をやると、行き交う人のなかに新十郎の姿が見えた。

新十郎は羽織袴姿で、二刀を帯びていた。町奉行所の与力には見えない。御家人か江戸勤番の藩士といった格好だった。従えているのは、小者の与六《よろく》だけである。

「集まっているようだな」

新十郎が、倉田に声をかけた。

「手筈どおりです」

「まず、繁田と政次だな」

「はい」

倉田たちは、先に繁田と政次を捕らえ、間をおかずに留五郎と荒木田を捕らえることにしてあった。

新十郎は取り逃がすことのないように、腕の立つ繁田と荒木田には、新十郎と倉田のふたりで立ち向かうことにしてあったのだ。

もっとも、倉田が立ち合い、新十郎は倉田の闘いぶりを見て助太刀することになるだろう。捕方の指揮をする与力が、捕方の中核になる同心たちをさしおいて、下手人と斬り合うわけにはいかないのだ。

「こちらです」

倉田が先に立った。

すこし間を置いて、新十郎と高岡たち同心がつづいた。

倉田たちは大川端の道を川下にむかって歩き、富ヶ岡八幡宮の門前通りにつづく表通りに入った。表通りは賑わっていたが、ふだんより人出はすくないようだった。曇天のせいであろう。

八幡橋のたもとまで来ると、倉田たちは足をとめ、登七と利助に、様子を見てこい、と指示した。

「へい」

登七が応え、利助がうなずいた。

ふたりは、すぐにその場を離れた。登七は繁田と政次の許に、利助は留五郎と荒木田の許に向かい、隠れ家の様子を見てくることになっていた。すでに、ふたりにはそれぞれの隠れ家のある場所を話してあった。

橋のたもとでしばらく待つと、まず登七が小走りにもどってきた。

「繁田と政次は、隠れ家にいるようです」

登七が息をはずませながら報告した。おそらく、隠れ家を見張っている狭山から聞いたのだろう。

つづいて、利助がもどってきた。利助は田上から聞いたと前置きし、留五郎と荒木田が隠れ家にいることを知らせた。

「よし、手筈どおりだ。根津、利根崎、頼むぞ」

新十郎が根津と利根崎に声をかけた。

「ハッ」

と応え、ふたりはそれぞれ数人の手先を連れて、その場を離れた。根津は中島町にむかい、留五郎と荒木田のいる隠れ家を見張るのである。すでに、留五郎たちの隠れ家は田上が見張っていたが、留五郎が頭格で荒木田が遣い手であることから、念のために根津もくわわることになっていたのである。留五郎たちに動きがあれば、田上と根津で対処せねばならない。

一方、利根崎は蛤町にむかい、甚七を捕らえることになっていた。甚七はひとりなので、利根崎の手の者に駒造と浜吉をくわえれば、取り逃がすことはないだろう。

「おれたちも行くぞ」

新十郎が、倉田と高岡に声をかけた。

先導したのは、登七である。倉田たちは、掘割沿いの道を繁田と政次のいる隠れ家にむかった。

辺りは淡い夕闇につつまれていた。掘割沿いの道は人影もなく、ひっそりとしている。夕暮れ時の冷たい風に、掘割の土手に茂った芒や葦がサワサワと揺れている。

「あれが、隠れ家です」

倉田が路地を歩きながら、前方を指差した。

雑草の茂った空き地があり、その先に仕舞屋がひっそりとしたたたずまいを見せていた。空き地のなかの樫の樹陰に、何人かの人影があった。先に来て仕舞屋を見張っていた狭山と手先たちらしい。

狭山が樹陰から姿をあらわし、路地に出ると、新十郎たちの許に小走りに近付いてきた。

「どうだ、なかの様子は」

新十郎が念を押すように訊いた。

「ふたりとも、家のなかにいます」

「すぐに、仕掛けよう」

新十郎は仕舞屋の戸口に向かいながら、

「倉田、繁田と立ち合うつもりか」

と、倉田に小声で訊いた。新十郎は、倉田が繁田を捕らえるのではなく、立ち合うつもりでいることを承知していた。

「そのつもりです」

「助太刀してもいいぞ」

「いえ、彦坂さまは捕方を指揮せねばならぬお立場です。繁田は、それがしにおまかせください」

倉田が当然のことのように言った。臆している様子は、まったくなかった。

「よかろう。繁田は倉田にまかせよう」

新十郎は、初めから倉田にまかせる気でいたが、心もとなく感じているようなら助太刀しようと思ったのだ。

新十郎と倉田、それに高岡と数人の捕方が、戸口の正面に立った。手筈どおり、狭山は見張りについていた三人の手先を連れて裏手にまわった。念のために裏手をかためるのである。

5

「戸をあけろ」

新十郎が命じた。

登七が板戸に手をかけて引くと、簡単にあいた。

倉田と高岡、それに数人の手先が、いっせいに土間に踏み込んだ。新十郎はなかに入らなかった。戸口の前に立ち、なかの様子を見ている。与力として捕方の動きを見ながら指揮するためだが、新十郎の胸の内には、倉田と繁田の立ち合いのこともあったのである。

家のなかはしんとしていたが、狭い板間の先の障子の向こうに人のいる気配がした。

「繁田、政次、姿を見せろ！」

倉田が声を上げた。

カラリ、と障子があき、政次が姿を見せた。背後に、繁田らしい男が立っているのが見えた。左手に大刀を引っ提げている。

「町方だ！」

政次が叫んだ。

「なに、町方だと」

繁田が政次の脇から前に出て、さらに障子をあけた。

御用！

御用！

と、倉田や手先たちが声を上げ、手にした十手を繁田と政次にむけた。すぐに、登七と高岡の手先の七助が板間に飛び上がり、十手を前に突き出して身構えたまま政次に近付いていく。

「旦那、逃げやしょう！」

政次がひき攣《つ》ったような声で言った。

「神妙に縛《ばく》に就けい！　すでに、この家は捕方が取りかこんでいる」

高岡が十手を政次にむけ、鋭い声で言った。

「おのれ！」

叫びざま、繁田が抜刀して鞘を足元に捨てた。逃げずに、闘う気のようだ。

「繁田、おれが相手になってやる。表へ出ろ！」

倉田が声を上げ、後じさって前をあけた。繁田を外へおびき出そうとしたのである。

「よかろう。この前のけりをつけてやる」

繁田は目をつり上げ、顔を赭黒く染めて板間へ出てきた。強い怒りと興奮が体を熱くしているようだ。

「さァ、こい！」

倉田が敷居をまたぎ、戸口から外に出ると、繁田もつづいて敷居をまたいだ。

倉田と繁田は、路地に立って対峙した。

新十郎は路地の隅に立って、ふたりに目をむけている。左手で刀の鯉口《こいぐち》を切り、右手を柄《つか》に添えていた。すぐに抜刀し、ふたりの間に踏み込める体勢をとっている。

倉田と繁田の間合は、およそ四間。まだ、斬撃の間境からは遠かった。

倉田は青眼に構え、切っ先を繁田の喉元につけた。腰の据わった隙のない構えである。繁田は、切っ先が喉元に迫ってくるような威圧を感じるはずである。

繁田は八相に構えた。両肘を高くとり、刀身を垂直に立てていた。大きな構えである。だが、腰が据わっていなかった。真剣勝負の恐怖と気の昂《たかぶ》りで全身に力が入り、構えが硬くなっているのだ。

……勝てる！

と、倉田は踏んだ。繁田の体の硬さは、一瞬の反応をにぶくするはずである。

「いくぞ！」

倉田が先に仕掛けた。

つつッ、と足裏を摺るようにして間合をつめ始めた。

対する繁田は動かなかった。全身に激しい気勢を込め、気魄で倉田を攻めている。

ふいに、倉田が寄り身をとめた。一足一刀の間境の一歩手前である。

倉田は全身に気勢をみなぎらせて斬撃の気配を見せ、

イヤアッ！

突如、裂帛の気合を発した。気合で、敵の構えをくずそうとしたのだ。

ビクッ、と繁田の体が揺れた。その瞬間、繁田の八相の構えがわずかにくずれた。

この一瞬の隙をとらえて、倉田が斬り込んだ。

鋭い気合と同時に、青眼から真っ向へ。稲妻のような斬撃だった。

咄嗟に、繁田は身を引きざま、刀身を横に払った。

キーン、という甲高い金属音がひびき、青火が散って金気が流れた。

次の瞬間、倉田の刀身が横にはじかれた。

だが、繁田の体が大きく後ろによろめいた。腰の浮いた無理な体勢から刀身を横に払ったために、腰がくずれたのである。

すかさず、倉田が二の太刀を放った。横に流れた刀身をふりかぶりざま、ふたたび真っ向へ。一瞬の太刀捌《さば》きである。

倉田の切っ先が繁田の真額をとらえた。

にぶい骨音がし、繁田の顔が奇妙にゆがんだ。次の瞬間、繁田の額から鼻筋にかけて縦に赤い線がはしり、血が迸《ほとばし》り出た。

繁田は目尻が裂けるほど目を剝き、何か叫ぼうとして口を大きくあけたまま腰からくずれるようによろめいた。

繁田は細い呻き声を洩らしたが、悲鳴も叫び声も上げなかった。尻餅をつくような格好で後ろに倒れ、それから仰向けに横たわった。額から噴出した血で、顔が真っ赤に染まっている。その熟柿《じゅくし》のような顔のなかに、カッと瞠《みひら》いた両眼が白く浮き上がったように見えていた。

繁田は動かなかった。絶命したようである。額から噴出した血が地面に流れ落ち、妙に生々しい音をたてている。

新十郎が倉田のそばに歩み寄り、

「おれの出る幕はなかったな」

と、ほっとしたような顔をして言った。

倉田は手の甲で顔に飛んだ返り血をぬぐいながら、

「高岡たちは、どうしました」

と、訊いた。

「案ずることはあるまい。相手は、政次ひとりだ」

そんな言葉を交わしているところに、戸口から高岡と狭山が姿を見せた。狭山は背戸から家のなかに入ったのだろう。ふたりにつづいて、手先たちも出てきた。後ろ手に縛った政次を連れている。

政次は捕方に抵抗したとみえ、元結《もとゆい》が切れてざんばら髪になっていた。着物の襟元がはだけて、胸があらわになっている。片方の瞼が赤く腫《は》れていた。捕方の十手で、殴られたにちがいない。

「高岡、政次を大番屋に連れていってくれ」

新十郎が言った。

「ハッ」

高岡が答えた。

政次を捕らえた後、高岡が南茅場町の大番屋に連行することになっていたのだ。

「他の者は、中島町に向かうぞ」

新十郎が、倉田や狭山たちに視線をまわして言った。

6

「いるか、留五郎と荒木田は」

新十郎が田上と根津に訊いた。ふたりは、先に来て留五郎たちの隠れ家を見張っていたのである。

「家におります」

田上が答えた。

「よし、踏み込もう」

新十郎の指図で、すぐに四人の同心と十数人の捕方が木戸門の扉を押して家の戸口にむかった。辺りは夜陰につつまれていたが、家のなかから洩れてくる灯で、ぼんやりと明らんでいる。

一隊は門内に入ると、三手に別れた。新十郎たちは表の戸口にむかい、田上が数人の捕方を連れて裏手にまわり、倉田は登七と利助、それに捕方を三人連れて庭にまわった。倉田は、縁先から踏み込むことになっていたのである。

「踏み込め！」

新十郎の声で、根津と狭山が捕方たちとともに戸口からなだれ込んだ。

すぐに、家のなかから、御用！　御用！　という捕方たちの声が聞こえ、床板を踏む音、障子をあけしめする音などがひびいた。

倉田は廊下を走るような足音を耳にした。つづいて、縁側の先の座敷の障子をあける音がした。

……来たな！

倉田は縁側に踏み込んだ。捕方が表の戸口から踏み込めば、裏手か庭に逃げてくるとみていたのである。

登七たち捕方は、縁先のまわりに集まっていた。十手を手にし、野犬のような目をして行灯《あんどん》に明らんだ障子を見つめている。

ガラリ、と倉田が障子をあけた。

座敷に、ふたりの男が立っていた。留五郎と荒木田である。戸口近くの部屋から逃げてきたらしい。

「ここにも、いやがる！」

留五郎が、顔をゆがめて叫んだ。

「貴様か」

荒木田が言った。

薄闇のなかに、浅黒い顔をした眉の濃い男が浮かび上がっていた。双眸が、行灯の灯を映じて猛禽のようにひかっている。

「繁田登兵衛は、おれが斬った」

倉田が荒木田を見すえて言った。

「なに！」

荒木田の顔に、驚いたような表情が浮いた。

「神妙に縛につけ。でなければ、おぬしを斬る」

倉田が語気を強くして言った。

「おのれ！」

荒木田が、引っ提げていた大刀を抜いた。顔に憤怒の色がある。

そのとき、ドカドカと廊下を歩く数人の足音がひびき、逃がすな！　部屋に入ったぞ、という狭山の声が聞こえた。

「あ、荒木田の旦那、捕方が来る！」

留五郎が声を震わせて言った。

「裏へ逃げろ！　おれは、こいつを斬る」

そう言って、荒木田は縁側にいる倉田の方へ近付いてきた。留五郎がよろめくように部屋の奥へむかった。裏手へ逃げるつもりらしい。

「荒木田、庭に出ろ！」

叫びざま倉田は後じさり、反転して縁側から庭に跳んだ。庭で荒木田と立ち合うつもりだった。

縁側のまわりにいた捕方たちが、ばらばらと庭の隅に散り、倉田と荒木田の闘いの場をあけた。

表の戸口に近いところに、新十郎の姿があった。新十郎は倉田と荒木田の姿を見ると、すぐに庭に踏み込んできた。そして、庭の隅に立ち、刀の鯉口を切り柄に右手を添えた。繁田のときと同じように、倉田の闘いの様子をみて加勢するつもりらしい。

　倉田と荒木田は、およそ四間の間合をとって対峙した。ふたりとも、まだ刀を構えていなかった。倉田は柄に手をかけたまま抜いていなかったし、荒木田は右手につかんだ刀をだらりと垂らしていた。

「おぬし、何流を遣う」

　倉田が訊いた。闘いの前に流派だけでも訊いておこうと思ったのだ。

「直心影流《じきしんかげ》……」

　荒木田が低い声で言った。

　直心影流の祖は山田《やまだ》平左衛門《へいざえもん》光徳《みつのり》だが、光徳の三男の長沼《ながぬま》四郎左衛門《しろうざえもん》国郷《くにさと》が、正徳のころ、面、籠手《こて》などの防具を考案し、実戦的な稽古を始めた。それが評判になり、門弟の志願者が蝟集《いしゅう》して大変な隆盛をみた。その後も、直心影流は多くの名人を輩出し、いまも多くの門人を集めて江戸市中にひろまっている。荒木田は、江戸市中の直心影流の町道場に通って修行したのであろう。

「おぬしの流派は？」

　荒木田が訊いた。

「一刀流」

言いざま、倉田は刀を抜いた。

荒木田はゆっくりとした動作で刀身を振り上げ、八相にかまえた。切っ先を背後にむけ、すこし刀身を寝かせている。竪川沿いの道で立ち合ったときと同じ構えである。

倉田は青眼に構えてから切っ先をやや上げて、荒木田の左拳につけた。八相の構えに対応した構えである。

……同じ手は遣えぬ。

と、倉田は思った。この前は気合で機先を制したが、その手は通じないだろう。

荒木田の全身に気勢が満ち、いまにも斬り込んでくるような気配を見せていた。気攻めである。

対する倉田も全身に気勢をみなぎらせて、気で攻めた。

ふたりは動かなかった。気の攻防である。

7

夜陰のなかで、倉田と荒木田の刀身が明らんだ障子の淡い灯《ひ》の色を映じて、仄かにひかっていた。

ふたりは、気で攻め合ったまましばらく動かなかった。

先に仕掛けたのは、荒木田だった。趾《あしゆび》を這うようにさせて、ジリッ、ジリッと間合をつめてくる。

間合が狭まるにつれて、ふたりの斬撃の気がさらに高まってきた。ふたりは、全神経を敵の動きに集中させていた。痺《しび》れるような剣気と張りつめた緊張が、ふたりを押し包んでいる。剣の磁場である。

ふいに、荒木田の寄り身がとまった。一足一刀の間境の半歩外だった。

……荒木田は、この遠間からくる。

と、倉田はみた。

荒木田の構えに斬撃の気が満ちてきた。

そのときだった。

縁側に近い座敷で、男の怒声と取っ組み合った人が激しく倒れるような音がひびいた。捕方が、留五郎を取り押さえたのかもしれない。

その音で、倉田と荒木田をつつんでいた剣の磁場が裂けた。

次の瞬間、ふたりの全身に斬撃の気がはしった。

トオォッ！

タアッ！

ふたりの裂帛の気合がひびき、体《たい》が躍り、刀身がきらめいた。

倉田が体を右手に寄せながら左籠手へ斬り込み、荒木田は八相から袈裟に斬り下ろした。両者の神速の斬撃である。

倉田の切っ先が荒木田の左手の甲を斬り、荒木田のそれは倉田の左の肩先を斬り裂いた。次の瞬間、ふたりは大きく背後に跳んで間合をとり、ふたたび青眼と八相に構えあった。

荒木田の左手の甲が裂け、血が赤い糸のように流れ落ちている。

一方、倉田は着物の左の肩先を斬り裂かれ、あらわになった肌に血の色があった。

これを見た新十郎が、倉田のそばに走り寄り、

「加勢する！」

と声を上げて、抜刀した。

「助太刀、無用に願います」

倉田が強い声で言った。全身に激しい気勢が満ち、顔が紅潮し、双眸が猛虎のように爛々《らんらん》とひかっている。

……負けぬ！

と、倉田は胸の内で叫んだ。

初手はほぼ互角だったが、倉田は荒木田の太刀筋が見えていた。あと一寸、右手に身を寄せれば、荒木田の八相からの斬撃をかわせるとみたのだ。

新十郎は、抜き身を引っ提げたまま後じさった。ここは、倉田にまかせるしかないと思った。

「いくぞ！」

今度は、倉田が間合をつめ始めた。摺り足で、身を寄せていく。

荒木田も動いた。趾を這うようにさせて間合をつめてくる。

ふたりの間合が一気に狭まった。

先《せん》をとったのは、倉田だった。一足一刀の間境に迫るや否や、裂帛の気合を発して斬り込んだ。

間髪を入れず、荒木田も体を躍らせた。

倉田が右手に大きく体を寄せながら、荒木田の左籠手に斬り込んだ。剣体一致《けんたいいっち》の一瞬の斬撃である。

荒木田も斬り込んだ。八相から袈裟へ。鋭い斬撃である。

次の瞬間、倉田の切っ先が荒木田の左手の甲を深く斬り裂き、荒木田の切っ先は倉田の左の肩先をかすめて空を切った。

ふたりは、そのまま擦れ違った。

大きく間合を取って反転すると、倉田はふたたび青眼に構えた。荒木田も八相に構えたが、刀身が激しく震えていた。左手がきかないようだ。左手の甲から流れ出た血が、肩先から胸に落ちて着物を真っ赤に染めている。

荒木田は八相に構えることもできなかった。目がつり上がり、顔が憤怒と興奮でゆがんでいる。

「これまでだ」

倉田が声を上げた。

「まだだ！」

叫びざま、荒木田がいきなり踏み込んできた。

斬撃の間合に入ると、すぐに荒木田は八相から袈裟に斬り下ろした。迅さも鋭さもなく、振り上げた刀を斬り下ろしただけの斬撃である。

倉田は横に跳んで斬撃をかわしざま、斜《はす》に刀身を払った。

ビュッ、と血飛沫が飛んだ。

荒木田の首筋が裂けている。倉田の切っ先が、首筋を横に斬り裂いたのだ。

荒木田は血を飛び散らせながら前によろめいた。そして、何かに爪先をひっかけ、闇のなかに頭からつっ込むように倒れた。

俯せに倒れた荒木田は、四肢を動かして起き上がろうとしたが、首をもたげることもできなかった。いっときすると、荒木田は動かなくなった。息の音が聞こえない。絶命したようだ。首筋から血の流れ落ちる音だけが、妙に生々しく聞こえた。夜陰のなかに血の臭いがただよっている。

新十郎が倉田のそばに走り寄ってきた。

「倉田、気をもんだぞ。……それにしても、いい腕だ」

新十郎が感心したような顔をして言った。

「紙一重でした」

倉田は、竪川沿いで荒木田と立ち合っていなければ、夜陰のなかに横たわっていたのは己ではないかと思った。荒木田の八相からの太刀筋が読めていたから、何とかかわせたのである。

一方、根津と狭山は、戸口から踏み込んで留五郎を捕らえた。縁側に近い座敷で、ひとの怒声と倒れる音がしたが、そのとき留五郎を取り押さえたらしい。留五郎は根津たちに抵抗したらしいが刃物は所持しておらず、捕方たちに難なく押し倒され、早縄をかけられたという。

また、蛤町に出向いた利根崎たちも、長屋にいた甚七を捕らえた。甚七は匕首を手にして捕方たちに斬りかかったそうだが、右手にまわった捕方のひとりが十手で匕首をたたき落とし、別のひとりが足をからめて甚七を押し倒した。縄をかけたのは、甚七の見張りにあたっていた駒造だという。

政次と留五郎、甚七は夜のうちに南茅場町に連行され、仮牢に入れられた。新十郎による吟味は明日からということになる。

第六章 吟味

1

新十郎は、牢番に留五郎を連れてくるよう命じた。

南茅場町の大番屋の吟味の場には、倉田と田上の姿もあった。新十郎は、ふたりが穴熊一味の捕らえた三人のことに詳しいとみて、同席するよう指示したのだ。それに、倉田から、留五郎たちから聞き出したいことがあるので、吟味の場に立ち合わせていただきたいとの申し出があったのである。

牢番に引き出された留五郎は、土間に敷かれた筵《むしろ》に座らされると、

「お、お役人さま、てまえはお上の世話になるようなことをした覚えはございません」

と、声を震わせて言った。声に哀訴するようなひびきがある。

留五郎は五十がらみに見えた。ひどい姿だった。捕らえられた後、元結が切れてざんばら髪になったが、そのままである。額に擦ったような擦り傷があった。捕らえられたときに、畳に押しつけられたのだろう。

留五郎は顔が大きく、眉や髭が濃かった。憔悴《しょうすい》しているようだったが、双眸にはまだ穴熊の頭《かしら》らしい鋭いひかりが宿っていた。

「留五郎、悪足掻《わるあが》きはよしな。すでに、甚七と政次が吐いてるんだぜ」

新十郎が留五郎を見すえて言った。与力らしからぬ伝法な物言いである。

新十郎たちは、留五郎を引き出す前に甚七と政次から一通り話を聞いていた。ふたりは穴熊一味であることは口にしなかったが、留五郎が頭だと認めたのである。

新十郎たちが先に甚七と政次にあたったのは、留五郎の吟味の前に、ふたりからすこしでも穴熊一味にかかわることを引き出しておきたかったからである。

「……！」

留五郎の顔から血の気が引き、肩先がかすかに顫えだした。

「留五郎、おまえたちの仲間は、七人だな」

新十郎が切り出した。

「て、てまえは、何のことか分かりません」

そう言うと、留五郎は視線を膝先に落とした。顔は蒼ざめていたが、ふてぶてしさが残っている。

「おい、そんなことを隠したって何にもならねえぜ。すでに、甚七と政次が口を割っていることだ」

「……」

「もう一度訊く、仲間は七人だな」

新十郎は、穴熊一味とは言わなかった。留五郎が、話しやすくするためである。

「は、はい……」

留五郎が認めた。

「七人の仲間は、捕らえたおまえたち三人と益造、助次郎、それに牢人の繁田と荒木田であろう」

「……！」

留五郎の顔に驚きの色が浮いた。町方が、七人の名までつかんでいるとは思わなかったのだろう。

「留五郎、十年ほど前のことだが、江戸の町に穴熊と呼ばれる盗賊があらわれ、世間を騒がせたことを知っているな」

　新十郎が声をあらためて訊いた。

「噂には、聞いた覚えがございます」

　留五郎が小声で答えた。まだ、とぼけているが、顔には追いつめられたような表情があった。

「そのときも、一味は七人だった。そして、いまも七人。……だが、当時の一味がそっくり残ったわけではあるまい」

　新十郎が、留五郎を見すえて訊いた。

「な、何のことか、てまえには、わかりませんが……」

　留五郎の声が震えた。顔のふてぶてしい表情が消えている。血の気を失った顔が紙のように蒼ざめ、頬に鳥肌が立っている。

「いまさら隠してもどうにもならねえよ。……十年ほど前に、おめえたちは薬種問屋の有田屋に押し入って七つになるきくという娘を、おめえが匕首で突き刺して殺した。ちがうかい」

　新十郎の物言いが、さらに伝法になってきた。しだいに熱が入ってきたからである。

「そ、そのような覚えは、ございません」

留五郎の体が揺れ、歯の根が合わぬほど顫えだした。

「留五郎、薬種屋のあるじが、おめえの名を聞いてるんだぜ。おめえが娘を刺し殺したとき、そばにいたおめえの仲間が、思わず口にしたのをな」

有田屋の槙右衛門は、トメ、と聞いただけだが、間違いないだろう。

「……!」

留五郎の顔が、ひき攣ったようにゆがんだ。

「それに、甚七と政次は松波屋と信濃屋に押し込んだと吐いてるんだぜ。おめえがしらを切ったってどうにもならねえよ」

まだ、甚七と政次は商家に押し込んだことまでは口にしていなかったが、いずれ吐くだろう。こうやって別々に追及し、仲間が吐いたことにして追いつめていくのも吟味の手であった。

「留五郎、おめえは、けちな盗人じゃァねえだろう。穴熊一味の頭目なら、それらしく腹をくくりな」

「……」

留五郎はまだ口をひらかなかった。視線が虚空をさまようように揺れている。

「おめえ、穴熊一味だな」

そのとき、留五郎の体が激しく顫えだし、両肩ががっくりと落ちた。

……落ちる！

と、新十郎は思った。

なおも、留五郎は虚空に視線をとめて顫えていたが、

「へ、へい」

と、つぶやくような声で言った。

「では、訊くぞ。十年ほど前の穴熊一味は七人で、いまの一味も七人だが、十年ほど前の一味には、二本差しはいなかった。……そうだな」

「へい」

「繁田と荒木田はあたらしい仲間ということになるが、他にもくわわったやつがいるだろう」

「甚七が、そうでさァ」

「すると、十年ほど前の仲間は、おまえと政次、それに殺された益造と助次郎だな」

「そうで――」

留五郎の声が震えなくなった。言い逃れはできないとみて、話すしかないと腹をくったのであろう。

2

「頭目がおまえで、益造が右腕か」

新十郎が留五郎を見すえて訊いた。留五郎と益造は、十年ほど前からの仲間であり、年齢や盗賊の経験からみてもふたりが穴熊一味の中核であろう。

「…………」

留五郎は黙っていたが、否定もしなかった。

「おまえたちのなかに、大工だった者がいるな。だれだい」

新十郎は声をやわらげた。話しやすいことを訊いて、留五郎にしゃべらせようとしたのである。

「政次で……」

留五郎によると、政次は若いころ大工だったが、博奕に溺れ、親方のところから追い出された後、盗みをするようになったという。商家に侵入するとき、鑿と鋸を使って大戸に穴をあけたのは政次だそうだ。

「留五郎、おめえが頭だな」

新十郎が、もう一度訊いた。

「そうでさァ」

留五郎が小声で答えた。

「ところで、繁田と荒木田だが、どこで知り合ったのだ」

牢人だが、ふたりとも腕がたつ。その腕を見込んで、留五郎や益造が仲間に引き込んだにちがいない。

「賭場のようでさァ。知り合ったのは、益造でしてね。腕のたつ牢人がふたりいるので、仲間にすりゃァいざというときに役に立つと言って連れてきやした。それで、金を餌に仲間にくわえたんでさァ」

留五郎の物言いに、盗賊の頭らしいふてぶてしさがくわわってきた。

「繁田と荒木田だが、ふたりはおまえたちの仲間にくわわる前からつるんでたんじゃァねえのかい」

新十郎は、ふたりいっしょに盗賊仲間にくわわったことが腑《ふ》に落ちなかったのだ。

「そのようで……。荒木田の旦那から聞いたんですがね。ふたりは若いころ、同じ剣術道場に通っていたことがあるそうでさァ」

「そういうことか」

直心影流の道場で兄弟弟子だったのであろう。ふたりとも、牢人の家か軽格の御家人の冷や飯食いに生まれたにちがいない。剣の腕が立っても仕官はできず、牢人暮らしをつづけているうちに悪の道に嵌《は》まったのだろう。

「留五郎、十年ほど前の穴熊一味だが、おまえたちの他に三人いるわけだな」

新十郎が声をあらためて訊いた。

留五郎は口をつぐんだままうなずいた。

「他の三人は？」

「頭が久兵衛《きゅうべえ》、それに伝造《でんぞう》と島三郎《しまさぶろう》という男がいやした。ですが、島三郎は五年ほど前に死んだと聞いていやす」

「久兵衛と伝造は、生きているのだな」

「生きているはずでさァ」

「どこにいる」

新十郎の声がするどくなった。

「江戸にいるはずだが、分からねえんでさァ。……嘘じゃァねえ。おれたちも、探したが分からねえんだ」

留五郎が新十郎に目をむけて言った。

「うむ……」

新十郎が口をつぐむと、控えていた倉田が口をはさんだ。

「彦坂さま、それがしが訊いてもよろしいでしょうか」

「かまわん。訊いてみろ」

「かたじけのうございます」

倉田は新十郎に頭を下げてから、すこしだけ留五郎の方に膝を進めて訊いた。

「益造と助次郎を殺したのは、何者だ」

「……し、知らねえ」

留五郎が困惑するような表情を浮かべた。

「いや、おまえたちは知っている。益造などは、その者を恐れて逃げ回っていたのだからな。おまえが知らぬはずはない」

「……！」

「おまえたちが、腕のたつ繁田と荒木田を仲間に引き入れたのは、その者を恐れたからではないのか」

繁田と荒木田は用心棒役でもあった。留五郎が荒木田をそばにおいたのは、命を狙われていることを自覚していたからであろう。

「そ、そこまで分かってるんですかい」

留五郎が声をつまらせて言った。

「だれだ、おまえたちの命を狙ったのは」

倉田が強い声で訊いた。

「久兵衛と伝造でさァ」

留五郎が小声で答えて視線を膝先に落とした。

「やはりそうか」

倉田がうなずいた。倉田も、留五郎たちの命を狙っているのは、むかしの穴熊一味の仲間とみていたのである。

「それで、久兵衛と伝造の塒はどこだ」

「それが、分からねえんでさァ。……分かりゃァ、あっしらも手を打ったんですがね」

留五郎が渋い顔をした。手を打つとは、繁田や荒木田を使って久兵衛たちを始末するということであろう。

「留五郎、十年ほど前は、久兵衛がおまえたちの頭だったはずだぞ。……久兵衛が盗賊の足を洗った後も、塒ぐらい知っていたのではないのか」

なおも、倉田が訊いた。

「親分は足を洗った後、深川で古着屋をやっていやした。ですが、二年ほど前《めえ》に、古着屋をしめてしまって、その後、どこへ行ったか分からねえんでさァ」

「その古着屋は、深川のどこだ」

倉田の頭に、本所横網町で古着屋をやっている峰吉のことが浮かんだ。あの男なら、久兵衛がやっていた古着屋のことも知っているのではないかと思った。

「佐賀町に、ありやした」

「佐賀町か」

深川佐賀町は大川端にひろがっていた。横網町から近くはないが、大川端沿いの道を川下に向かえば佐賀町である。峰吉が、久兵衛のことを知っている可能性は高い。

「ところで、留五郎、繁田や荒木田が竪川沿いでおれたちを襲ったことは知っているな」

倉田が声をあらためて訊いた。

「へい……。おれは、お上に手を出すようなだいそれたことをしちゃァいけねえと言ったんですがね。荒木田の旦那が勝手に」

留五郎が首をすくめて言った。

倉田は、留五郎が荒木田たちに指示したにちがいないと思ったが、いまさらだれが指図しようとどうでもよかった。

「そのとき、石礫を投げて、おれたちを助けてくれた者がいた。ふたりだったようだが、何者か知っているか」

「その話も聞きやしたが、あっしには分からねえ」

「久兵衛と伝造ではないのか」

倉田は、久兵衛たちしか思いあたる者はいなかった。だが、久兵衛たちなら、なぜ倉田たちを助けたのか、それが分からなかった。

「そうかもしれねえ……」

留五郎が語尾を濁した。はっきりしないのだろう。

「………」

倉田は、久兵衛か伝造に訊いてみるしかないと思った。

それから、倉田は伝造の塒も訊いてみたが、留五郎は知らないようだった。

留五郎の吟味を終えると、新十郎はふたたび甚七と政次を別々に吟味の場に引き出して訊問した。

ふたりは、親分である留五郎が口を割ったことを知ると、新十郎に訊かれるままに答えたが、あらたなことは分からなかった。ただ、留五郎が話したことの裏付けはとれた。

新十郎の吟味が終わると、倉田は甚七と政次にも久兵衛と伝造のことを訊いてみたが、甚七たちも、留五郎と同じように久兵衛が二年ほど前まで佐賀町で古着屋をやっていたことしか知らなかった。

倉田は、佐賀町の古着屋からたどってみようと思った。

3

倉田は新十郎とともに捕らえた留五郎たちを吟味した翌日、駒造と浜吉を連れて本所横網町に足をむけた。ともかく、峰吉から話を聞いてみるつもりだった。

倉田は手ぬぐいで頬っかむりし、小袖を尻っ端折りして遊び人ふうに身を変えていた。ここまでくれば、八丁堀同心と知れてもよかったが、駒造の顔をつぶさないためにこの前と同じ格好をしてきたのである。

「久し振りだな、とっつァん」

駒造が、店の奥の狭い座敷にいた峰吉に声をかけた。

倉田は黙っていた。この場は駒造にまかせようと思ったのである。

「おや、また、おまえさんたちかい」

峰吉は、駒造と倉田を上目遣いに見た。

「また、おめえに、訊きてえことがあってな」

駒造は、巾着から波銭を何枚かつまみ出して峰吉に握らせてやった。鼻薬をきかせたのである。

「すまねえなァ」

峰吉は銭を握りしめたまま薄笑いを浮かべた。

「おめえと同じように、古着屋をしているやつのことが訊きてえのよ」

「……」

駒造が切り出した。

「佐賀町にあった古着屋だ」

「佐賀町な……」

峰吉の顔から、薄笑いが消えた。駒造にむけられた目に、心底を探るような色がある。

峰吉は、佐賀町の古着屋に、穴熊の頭目だった久兵衛が住んでいたことを知っているかもしれない。

「その古着屋だが、いまはどうなった」

「いまもあるよ。店はしめたままで、だれも住んでねえがな」

峰吉が言った。

「古着屋の親爺は、いまどこにいる」

さらに、駒造が訊いた。知りたいのは、久兵衛の居所である。

「知らねえ。おれは、古着屋の親爺の名も知らねえんだぜ。どこにいるか、知るわけがねえだろう」

峰吉がむきになって言った。

峰吉は久兵衛のことを知らないのか知っていて隠しているのか、倉田にはまだ判断がつかなかった。

「その古着屋だが、奉公人はいたのかい」

かまわず、駒造が訊いた。

「いねえ。……五十代半ばの男がな、十年ほど前《めえ》につぶれかかっていた古着屋を居抜きで買い取って、ひとりで商売をつづけたらしいぜ」

そう言って、峰吉が意味ありそうな目で駒造を見た。

倉田は峰吉の目を見て、すくなくとも、峰吉は古着屋を買った男が盗人らしいことは知っていたように思えた。

「その古着屋だが、親爺の仲間らしい男が出入りしてたんじゃァねえのかい」

駒造が訊いた。

「古着屋には、いろんな男が出入りするからなァ。だれにも、客か仲間か分からねえよ」

「盗人の隠れ家にはいい商売だな」

「嫌な言い方をするじゃァねえか」

峰吉が渋い顔をした。

「とっつァんが、真っ当な男だと知ってるからそう言ったんだぜ」

駒造がとってつけたように言った。

「親分はいいところに目をつけたが、一足遅かったな。古着屋の親爺は、姿を消しちまったからな」

峰吉の口許に薄笑いが浮いた。

倉田は峰吉と駒造のやり取りを聞きながら、その五十代半ばの男が久兵衛にちがいないと思った。久兵衛は、穴熊一味として手にした金で古着屋を買い取り、店のあるじを隠れ蓑にして暮らしていたのであろう。

「ところで、その古着屋は、佐賀町のどこにあるんだい」

駒造が声をあらためて訊いた。

「上ノ橋の近くだと聞いてるよ」

上ノ橋は仙台堀にかかっている。

それから、倉田も口をはさみ、古着屋の親爺がよく出かけていたところや親戚縁者などを訊いたが、峰吉は首を横に振るばかりだった。

「邪魔したな」

駒造がそう言い置き、倉田たちは店から出た。これ以上、峰吉から訊くこともなかったのである。

「旦那、佐賀町に行ってみやすか」

駒造が倉田に訊いた。

「行こう」

倉田は古着屋の近くで聞き込めば、何か分かるのではないかと思った。

倉田たち三人は回向院の裏手を通って、竪川にかかる一ッ目橋を渡った。大川沿いの道を川下にむかって歩けば、佐賀町に出られる。

まだ、昼前だった。風のない晴天で、大川には猪牙舟、屋根船、荷をつんだ茶船などが行き交っていた。その大川の川面の先には、秋の陽射しを浴びた日本橋の家並がひろがっている。

倉田たちは、御舟蔵の脇を通って小名木川にかかる万年橋を渡った。大川の流れの先に永代橋がかかっていた。橋を渡る人々の姿が胡麻粒ほどに見える。

「旦那、上ノ橋ですぜ」

駒造が言った。

前方に仙台堀にかかる上ノ橋が見えてきた。その先の川沿いにひろがる家並が、佐賀町である。

倉田たちは上ノ橋を渡るとすぐ、目についた酒屋の親爺に、この辺りに古着屋はなかったか訊いた。

「ありやしたよ。店はしめたままで、ひとはいないようですがね」

五十がらみの男が、一町ほど川下にむかうと、左手に下駄屋があり、その下駄屋の脇の店だという。表戸がしまっているので、行けば分かるとのことだった。

倉田たちは酒屋を出ると、川下にむかって歩いた。

「旦那、あの店ですぜ」

前を歩いていた浜吉が前方を指差した。

なるほど、下駄屋の先に表戸をしめたままの古い店がある。店仕舞いして久しいらしく家は傷み、庇《ひさし》が朽ちかけて垂れ下がっている。

下駄屋の前まで来たとき、

「旦那！　脇があいてやすぜ」

と、浜吉が振り返って声を上げた。

「あいてるな」

倉田が言った。表戸の脇が五寸ほどあいている。

店のなかに、だれかいるのではあるまいか――。

三人は、足音を忍ばせて店の戸口に近寄った。聞き耳を立てたが、店のなかから物音も話し声も聞こえなかった。

さらに、倉田たちは戸口の隅のあいている戸のそばに近付き、あいている戸の間から店のなかを覗いてみた。

なかは薄暗かったが、ぼんやりと間取りが見えた。人影はない。

ひろい土間があり、その先にわずかばかりの板間があった。おそらく、いまはないが土間に売り物の古着を吊し、板間で客に応対したのだろう。

板間の先には、障子が立ててあった。障子紙は黄ばんでいる。障子の向こうには座敷があるようだった。

……だれかいる！

倉田は察知した。

障子の向こうで、かすかに物音が聞こえたのだ。それに、ひとのいる気配がする。

「だれかいるぞ」

倉田が小声で言った。

「ぬ、盗人ですかね」

浜吉が声をつまらせて言った。

「盗人の家に、盗人が入ったのか」

駒造がつぶやいた。

「ともかく、入ってみよう」

倉田は、戸に手をかけてそっとあけた。

4

店のなかはしんとしていた。障子の向こうで聞こえた物音はやんでいる。座敷にいる者は倉田が戸をあけた音を耳にして、戸口の気配をうかがっているのではあるまいか。

倉田たち三人は忍び足で、板間に近付いた。店のなかは薄暗く、澱んだような空気のなかに埃と黴《かび》の臭いがした。

倉田たちが板間の上がり框に近付いたとき、障子の向こうでひとの立ち上がる気配がし、いきなり正面の障子があいた。

男がひとり立っていた。中背で痩せている。鬢や髷に白髪が混じり、浅黒い顔には皺も目についた。老齢である。

男の倉田たちにむけられた双眸が、薄闇のなかで夜禽のようにひかっている。

「やっぱり、来やしたか」

男が重いひびきのある声で言った。

「久兵衛か」

倉田が男を見すえて訊いた。

「へい」

すぐに、男は答えた。隠そうとはしなかった。

「おれたちが、来るのを待っていたのか」

久兵衛は、倉田たちがこの店に来るのを察知して待っていたようだ。表戸をすこしあけておいたのも、なかにいることを知らせるためではあるまいか。

「旦那方が、留五郎たちをお縄にしたのを知りやしてね。ちかいうちに、ここに来ると見当をつけて待ってたんでさァ」

そう言うと、久兵衛は障子をあけたまま座敷に腰を下ろして胡座をかいた。そして、後ろ帯にはさんでいたらしい匕首を手にして膝の脇に置いた。

「やろう！　ふん縛《じば》ってやる」

駒造が懐から十手を取り出し、板間に踏み込もうとした。

「待て」

倉田が駒造をとめた。

「久兵衛は、おれたちがここに来るのを待ってたんだ。端《はな》から逃げる気などねえよ」

「へい、もう十年も逃げまわっていやしたからね。逃げるのにも疲れやした」

久兵衛が薄笑いを浮かべた。

「さて、久兵衛、話を聞こうか。まず、おれたちを助けてくれたのは、どういうわけだ」

倉田は、竪川沿いの道で荒木田や繁田たちに襲われたとき、石礫を投げて助けてくれたのは、久兵衛と伝造だとみていた。

「旦那たちなら、留五郎や荒木田たちをお縄にできるとみたからでさァ。あそこで、旦那たちが殺《や》られちまったら、留五郎たちはこれからも大店に押し込んで、人殺しをつづけやすからね」

久兵衛が低い声で言った。顔から笑いが消えている。厳しい顔だが、達観したような表情でもあった。

「久兵衛、留五郎はおまえの子分だったはずだぞ」

すくなくとも、十年ほど前までは久兵衛が穴熊一味の頭目で、留五郎は子分のひとりだったはずである。

「やつは、おれたちを裏切りゃァがったんだ」

ふいに、久兵衛の顔が憎悪にゆがんだ。声にも、強い怒りのひびきがあった。

「裏切っただと。どういうことだい」

「おれたちは、どんなことがあっても盗みに入った先で、人は殺さねえことにしていたんでさァ。きれいごとを言ってたわけじゃァねえ。盗人は、畜生働きをするようになると、いずれ自分たちの首をしめることになりやすからね」

久兵衛によると、盗人が平気で人殺しをするようになると気持ちが荒《すさ》み、金遣いが荒くなり、町方にも目をつけられるようになる。そればかりか、金のために無理な押し込みをするようになり、いずれ仲間を売るようなことにもなるという。

「あっしは、そういう盗人を何人も見てやしてね。子分たちにも、人殺しはするんじゃァねえときつく言ってたんでさァ」

「ところが、有田屋に押し入ったとき、留五郎が槙右衛門の娘のきくを匕首で刺し殺した。そうだな」

倉田が言った。

「そうでさァ。……ですが、そんときは留五郎を責める気にはならなかった。やつも、娘がいきなり飛び出してきたのを見て、咄嗟に殺っちまったとみたんでさァ」

「それで、どうした」

倉田は話の先をうながした。

「有田屋に押し入った後、このあたりが年貢の納めどきだと思いやしてね。それまで、稼いだ金を七人で山分けして、押し込みから足を洗うことにしたんでさァ。そんとき、おれは六人の子分たちに、二度とひとは殺さねえし、穴熊の手は遣わねえと約束させたんでさァ」

久兵衛によると、仲間のだれかが穴熊の手を遣って押し込みに入ると、だれもが穴熊一味の仕業だとみて、いつまでも仲間七人が町方に追われる羽目になるからだという。

「それに、おれたちには、盗みはするがひとは殺さねえってえ強い思いがあったんでさァ。だれかが、穴熊の手を遣って人殺しをすりゃァ、そいつのためにあっしら七人の顔が汚れちまいやす」

「おめえの気持ちは、分かるぜ」

久兵衛には、盗人なりに自負があったのだろう。

「ところが、留五郎たち四人が裏切った。十年もたってから、すぐに穴熊と知れるような手を遣って押し込んだ揚げ句、平気で人を殺しゃァがった」

また、久兵衛の顔に憎悪の色が浮いた。

「裏切ったのは、留五郎、益造、助次郎、政次の四人だな」

「そうでさァ」

「益造と助次郎を殺したのは、おまえか」

「へい、ふたりだけじゃァなく、留五郎と政次も殺るつもりだったんでさァ。ですが、荒木田と繁田がいやしてね。ふたりには、迂闊に手が出せなかった。……留五郎のやつ、おれたちに命を狙われることを知って、荒木田たちを用心棒代わりに仲間に引き入れたんでさァ」

「そのようだな」

倉田も、そのことは気付いていた。

「おれの言いてえことは、これだけで――」

久兵衛が声を落として言った。

「もひとつ聞きたいことがある。伝造だ。……いま、どこにいる」

倉田は、まだ伝造の行方をつかんでいなかった。

「旦那、しばらく、伝造は見逃してやってくだせえ。やつは、年老いた母親のともりでいるという。


ころにいやしてね。……伝造も母親も、長《なげ》え命じゃァねえんでさァ」

久兵衛によると、伝造は労咳《ろうがい》を患っていて、母親が死ねば、自分も自害するつもりでいるという。

「うむ……」

倉田は迷った。久兵衛の言うことに嘘はないだろうが、かといって伝造を見逃すわけにはいかなかった。

「伝造は、母親の命は半月ほどだと言ってやした。それまで目をつぶってもらえば、それでいいんでさァ」

「分かった。おまえたちのお蔭で、おれたちは命拾いしたわけだからな。しばらく、別の事件《やま》でも追っていよう」

倉田は半月ほどならいいだろうと思った。

「ありがてえ」

そう言うと、久兵衛は膝の脇に置いてあった匕首を手にして鞘を払った。

「まさか、おまえ！」

倉田が声を上げ、踏み込もうとしたときだった。

「旦那、あっしは端からこうするつもりだったんで――」

言いざま、久兵衛は匕首を首筋にあてて掻き斬った。

次の瞬間、久兵衛の首筋から血が激しい勢いで飛び散った。首の血管《ちくだ》を斬ったらしい。久兵衛は両眼をカッと瞠《みひら》き、血を噴出させながら胡座をかいていた。悲鳴も呻き声も上げなかった。首筋から噴出した血が、赤い花弁を散らすように久兵衛のまわりにひろがっていく。

倉田たち三人は、久兵衛に目をむけたまま呆然と立ち尽くしていた。

5

新十郎は、母親のふねに手伝ってもらって継裃を着替えていた。奉行所から自邸に帰ったところである。

ふねは継裃を畳みながら、

「ちかごろ、帰りが早いようだね」

と、声をかけた。顔がやわらいでいる。

新十郎が穴熊一味の探索にかかわっていたころは、どうしても帰りが遅くなり、ふねはやきもきする日が多かったようである。

「やっと、事件の吟味が終わりましたから」

新十郎は角帯をしめながら言った。穴熊一味のことは、口にしなかった。ふねも巷を騒がせた穴熊一味のことは知っているが、いまは忘れているようだ。

「早く帰るのは、いいことだけど……。いつまでも、わたしに着替えを手伝わせるようではねえ」

そう言って、ふねは眉を寄せた。

……また、始まったな。

と新十郎は思ったが、何も言わなかった。

ふねは、新十郎と顔を合わせると、早く嫁をもらえ、孫の顔が見たい、などと言いたてるのだ。

「倉田どののところの娘さんは、どうです」

ふねが急に声をひそめて言った。

倉田には、もうすぐ十六になる妹がいた。ふねはそのことを知っていて、ときどき倉田の妹のことを口にするのだ。

倉田の妹の名はきく、色白でなかなかの器量よしだった。ただ、新十郎は倉田の家を訪ねたとき挨拶を交わしたことがあるだけで、特別な感情を持ったことはなかった。きくの方も同じだろう。

「そのうち、何とかなりますよ」

新十郎が間延びした声で言ったとき、廊下をせわしそうに歩く足音がし、障子があいて青山が顔を見せた。

「どうした、青山」

新十郎が訊いた。

「倉田さまがお見えになり、旦那さまにお話があるとのことです」

「ならば、ここに通してくれ」

新十郎は、また何か事件が起こったのかもしれないと思った。

「すぐに、お通しいたします」

青山が去ると、ふねも、おみねに話して、お茶を淹《い》れてもらいましょうかね、と言い残して、座敷を後にした。

待つまでもなく、青山が倉田を連れてきた。

倉田は座敷に腰を下ろすとすぐに、巡視の帰りに寄ったことを話し、

「彦坂さまのお耳に入れておきたいことがあって、寄らせていただきました」

と、言い添えた。

「話してくれ」

「穴熊一味の伝造のことです」

久兵衛が声をひそめて言った。

倉田が店仕舞いした古着屋で自害して半月ほど過ぎていた。倉田は久兵衛が自害した後、新十郎に久兵衛の自害と伝造の行方がつかめないことを話してあったのだ。

「伝造の行方が知れたのか」

「はい、知れましたが、自害した後でした」

倉田は駒造と浜吉を連れて巡視している途中、登七が入堀にかかる親父橋のたもとで待っていて、

「倉田の旦那、伝造らしい男が死んでやすぜ」

と、耳打ちしたのだ。

倉田が歩きながら登七に話を訊くと、深川伊勢崎町の裏店で、老婆とその倅らしい男が死んでいたという。

登七は、顔馴染みのぼてふりから話を聞いて行ってみたそうだ。老婆は病死のようだったが、男は匕首で首を掻き斬って死んでいた。老婆の枕元には、十両の

金と長屋の者に宛てて、後のことを頼むという意味の言葉がたどたどしい文字で書かれてあったという。

登七が、集まっていた長屋の者にふたりの名を訊くと、老婆がおらくで男が伝造だという。ふたりは、親子とのことだった。

「それで、ともかく旦那に知らせようと思ったんでさァ」

登七がそう言い添えた。

倉田はすぐに登七といっしょに伊勢崎町に出かけ、伝造を検屍した。間違いなく老婆は病死で、伝造は自害だった。

その後、倉田は伊勢崎町から八丁堀にもどり、新十郎の屋敷を訪ねたのである。

「伝造が死んだか」

新十郎がつぶやくような声で言った。

「はい」

「これで、よかったのかもしれんな」

「それがしも、そんな気がします。ところで、彦坂さま、捕らえた留五郎たちの吟味はすみましたか」

倉田が訊いた。

「終わった。捕らえた三人とも、隠し立てせずに話したのでな。そう手間はかからなかったよ。もっとも、ここまではっきりしている事件だからな。隠しようもあるまい」

「それで、留五郎たち三人はどうなります」

「まちがいなく、死罪だな」

新十郎が急に声をひそめて言った。そのとき、廊下を歩く足音が聞こえたからだ。

障子があいて、姿を見せたのはふねと女中のおみねであった。おみねが、湯飲みを載せた盆を手にしていた。新十郎と倉田に茶を運んできたらしい。

ふねは新十郎の脇に膝を折り、おみねが倉田と新十郎の膝先に茶を置くのをみながら、

「倉田どの、お久し振りですね」

と、口許に笑みを浮かべて言った。

「ご無沙汰いたしております」

倉田は、ごちそうになります、と言って湯飲みに手を伸ばした。

ふねは倉田が茶を飲むのを黙って見ていたが、おみねが座敷から去ると、

「さきほど、新十郎と倉田どのの妹さんのことを話してたんですよ」

と、妙にやさしい声で言った。

「きくのことですか」

「そうです」

「きくが、どうかしましたか」

倉田が戸惑うような顔をして訊いた。突然、妹の話が出たからであろう。

新十郎は、また、嫁の話か、と思ったが、黙っていた。倉田も迷惑だろうが、母親を座敷から追い出すわけにもいかなかった。

「きくどのには、まだ言い交わした方はいないそうですね」

ふねがそう言うと、

「そのような話は、ございませんが」

倉田がちいさくうなずいた。

倉田の顔から戸惑うような表情が消え、合点がいったような顔付きになった。ふねの魂胆《こんたん》が読めたのである。以前にも、ふねは倉田に妹を連れてくるよう話したことがあった。ふねは、倉田の妹を新十郎と会わせたいようなのだ。新十郎がなかなか嫁をもらう気にならないのでやきもきしているらしい。

「倉田どの、今度、妹さんも連れてきてくださいな」

「そうさせていただきますが……」

倉田はチラッと新十郎に目をやった。新十郎がどういう気持ちでいるのか、気になったのである。

新十郎は苦笑いを浮かべてちいさく首を横に振った。適当に、ごまかせという合図らしい。

「御母堂、実は、彦坂さまからそれがしに、妹のきくのことで話がございまして」

倉田がふねの方に膝をむけて言った。

「どのような話です」

ふねが身を乗り出すようにして訊いた。

「きくとふたりだけで話がしたいので、逢わせてくれと」

「まァ、それで」

ふねが驚いたように目を瞠《みひら》いた。

「ちかいうちに、それがしの家で逢うことになっているのですが」

倉田がもっともらしい顔をして言った。

新十郎は、おい、勝手なことを言うな、と口だけ動かして倉田に知らせた。

「それなら、きくどのをお呼びすることはありませんね」

ふねが目を細めた。

「御母堂、彦坂さまは何事においてもぬかりのないお方です。お家の世継ぎのことも、ご懸念には及びません。そのうち、お子の誕生というお話が聞けるかもしれませんよ」

さらに、倉田が言った。

新十郎は、そこまで言うか、といった顔をして倉田を睨みつけている。


（了）

本書は文春文庫への書き下ろし作品です。

文春文庫

八丁堀吟《はつちようぼりぎん》味帳《みちよう》「鬼彦組《おにひこぐみ》」裏《うら》切《ぎ》り

定価はカバーに表示してあります

2013年3月10日　第1刷

著者　鳥《と》羽《ば》亮《りよう》

発行者　羽鳥好之

発行所　株式会社　文藝春秋

東京都千代田区紀尾井町3-23　〒102-8008
TEL 03・3265・1211
文藝春秋ホームページ　http://www.bunshun.co.jp

落丁、乱丁本は、お手数ですが小社製作部宛お送り下さい。送料小社負担でお取替致します。

印刷・凸版印刷　製本・加藤製本

Printed in Japan
ISBN978-4-16-782904-9

（　）内は解説者。品切の節はご容赦下さい。

燦《さん》 1 風の刃《やいば》
あさのあつこ

疾風のように現れ、藩主を襲った異能の刺客・燦。彼と剣を交えた家老の嫡男・伊月。別世界で生きていた二人には隠された宿命があった。少年の葛藤と成長を描く文庫オリジナルシリーズ。

あ-43-5

燦 2 光の刃
あさのあつこ

江戸での生活がはじまった。伊月は藩の世継ぎ・圭寿と大名屋敷住まい。長屋暮らしの燦と、伊月が出会った矢先に不吉な知らせが。少年が江戸を奔走する文庫オリジナルシリーズ第二弾！

あ-43-6

井川香四郎
男ッ晴れ　樽屋三四郎 言上帳

奉行所の目が届かない江戸庶民の人情と事情に目配りし、事件を未然に防ぐ闇の集団・百眼と、見かけは軽薄だが熱く人間を信じる若旦那・三四郎が活躍する書き下ろしシリーズ第一弾。

い-79-1

井川香四郎
ごうつく長屋　樽屋三四郎 言上帳

長屋の取り壊し問題で争う地主と家主、津波で壊滅した町の再建に文句ばかりで自分では動かない住人たち。百眼の潜入捜査、名主たちとの連携プレーで力を尽くす三四郎シリーズ第2弾。

い-79-2

井川香四郎
まわり舞台　樽屋三四郎 言上帳

幼馴染の佳乃と出かけた芝居小屋が狐面の男たちにのっとられた！　観客を人質に無茶な要求をする彼らの狙いとは？　清濁あわせのむことを覚えつつ、成長する三四郎シリーズ第3弾。

い-79-3

井川香四郎
月を鏡に　樽屋三四郎 言上帳

借金を返せない武士が連れて行かれたのは寺子屋。「子どもを教えろ」という貸主の背後には陰謀が渦巻いていた。樽屋には今日も江戸中から揉め事が持ち込まれる。三四郎シリーズ第4弾。

い-79-4

井川香四郎
福むすめ　樽屋三四郎 言上帳

貧乏にあえぐ親が双子の姉妹の姉だけ吉原に売った。長じて再会した時、姉は盗賊の情婦だった。「吉原はつぶすべきです！」庶民の幸せのため奉行に訴える三四郎。熱いシリーズ第5弾。

い-79-5

文春文庫　書きおろし時代小説

（　）内は解説者。品切の節はご容赦下さい。

風野真知雄
耳袋秘帖
妖談うしろ猫

名奉行根岸肥前守のもとに、伝次郎が殺されたとの知らせが入る。下手人と目される男は「かのち」の書き置きを残して、失踪していた。江戸の怪を解き明かす新「耳袋秘帖」シリーズ第一巻。

か-46-1

風野真知雄
耳袋秘帖
妖談かみそり尼

高田馬場の竹林の奥に棲む評判の美人尼に相談に来ていたという女好きの若旦那が、庵の近くで死体で発見された。はたして尼の正体とは。根岸肥前守が活躍する、新「耳袋秘帖」第二巻。

か-46-2

風野真知雄
耳袋秘帖
妖談しにん橋

「四人で渡ると、その中で影の消えたひとりが死ぬ」という「しにん橋」の噂と、その裏にうごめく巨悪の正体を、赤鬼奉行・根岸肥前守が解き明かす。新「耳袋秘帖」シリーズ第三巻。

か-46-3

風野真知雄
耳袋秘帖
妖談さかさ仏

処刑寸前、仲間の手引きで牢破りに成功した盗人・仏像庄右衛門は、下見に忍び込んだ麻布の寺で、仏像をさかさにして拝む不思議な僧形の大男と遭遇する――。新「耳袋秘帖」第四巻。

か-46-4

風野真知雄
耳袋秘帖
王子狐火殺人事件

王子稲荷のそばで、狐面を着けた花嫁装束の娘が殺され、祝言前の別の娘が失踪した。南町奉行の根岸鎮衛は、手下の栗田と坂巻と共に調べにあたるが。「殺人事件」シリーズ第十一弾。

か-46-5

風野真知雄
耳袋秘帖
佃島渡し船殺人事件

年の瀬の佃の渡しで、渡し船が正体不明の船と衝突して沈没した。栗田と坂巻の調べで渡し船に乗り合わせた客には、不思議な接点があることがわかる。「殺人事件」シリーズ第十二弾。

か-46-6

風野真知雄
耳袋秘帖
赤鬼奉行根岸肥前

奇談を集めた随筆『耳袋』の著者で、御家人から南町奉行へと異例の昇進を遂げた根岸肥前守鎮衛が、江戸に起きた奇怪な事件の謎を解き明かす。「殺人事件」シリーズ最初の事件。（縄田一男）

か-46-7

（　）内は解説者。品切の節はご容赦下さい。

風野真知雄
耳袋秘帖 八丁堀同心殺人事件
組屋敷がある八丁堀で、続けて同心が殺される。死んだ者たちは、かつての田沼派だった。奉行の沽券に係わるお膝元での殺しに、根岸はどうするか。「殺人事件」シリーズ第二弾。

か-46-8

風野真知雄
耳袋秘帖 浅草妖刀殺人事件
奉行所の中間・与之吉は、凶悪な盗人「おたすけ兄弟」が、神社の境内に大金を隠すところを目撃、その金を病気の娘のために使い込んでしまうが……。「殺人事件」シリーズ第三弾。

か-46-9

風野真知雄
耳袋秘帖 深川芸者殺人事件
根岸の恋人で深川一の売れっ子芸者力丸が、茶屋から忽然と姿を消し、後輩の芸者も殺されて深川の花街は戦々恐々。はたして力丸の身に何が起きたのか？　「殺人事件」シリーズ第四弾。

か-46-10

指方恭一郎
麝香《じゃこう》ねずみ
長崎奉行所秘録　伊立重蔵事件帖
次期奉行の命で、江戸から一人長崎の地に先乗りした伊立重蔵。そこで目にしたのは「麝香ねずみ」と呼ばれる悪の一味に蝕まれた奉行所の姿だった。文庫書き下ろしシリーズ第一弾！
さ-54-1

指方恭一郎
出島買います
長崎奉行所秘録　伊立重蔵事件帖
長崎・出島の建設に出資した25人の出島商人。大きな力を持つ彼らの前に26人目を名乗る人物が現れた。そこには長崎進出を目論む江戸の札差の影が——。書き下ろしシリーズ第二弾。
さ-54-2

指方恭一郎
砂糖相場の罠
長崎奉行所秘録　伊立重蔵事件帖
長崎では急落している白砂糖が、大坂で高騰している！　謎の相場を、長崎奉行の特命で調査する伊立重蔵の前では、不審な殺人事件が次々に起こる——。好調の書き下ろしシリーズ第三弾。
さ-54-3

祐光　正
灘酒はひとのためならず
ものぐさ次郎酔狂日記
剣一筋の生真面目な男・三枝恭次郎は、遠山金四郎から、隠密として市井に紛れ込むために「遊び人となれ」と命じられる。遊楽と剣戟の響きで綴られた酔狂日記。第一弾は酒がらみ！
す-18-1

（　）内は解説者。品切の節はご容赦下さい。

祐光　正
思い立ったが吉原
ものぐさ次郎酔狂日記

ひょんなことから恭次郎は御高祖頭巾の女と一夜を共にする。江戸で噂の、男漁りをする姫君らしいが、相手の男は多くが殺されていた。媚薬の出所を手づるに、事件を調べる恭次郎。

す-18-2

藤井邦夫
養生所見廻り同心　神代新吾事件覚
指切り

北町奉行所養生所見廻り同心・神代新吾。南蛮一品流捕縛術を修業する若く未熟だが熱い心を持つ同心だ。新吾が事件に挑む姿を描く書き下ろし時代小説「神代新吾事件覚」シリーズ第一弾！

ふ-30-1

藤井邦夫
養生所見廻り同心　神代新吾事件覚
花一匁

養生所に担ぎこまれた女と謎の浪人の悲しい過去とは？　白縫半兵衛、手妻の浅吉、小石川養生所医師小川良哲らの助けを借りながら、若き同心・神代新吾が江戸を走る！　シリーズ第二弾。

ふ-30-2

藤井邦夫
養生所見廻り同心　神代新吾事件覚
心残り

湯島で酒を飲んでいた新吾と浅吉は、男の断末魔の声を聞く。そこから立ち去ったのは労咳を煩いながら養生所に入ろうとしない浪人だった。息子と妻を愛する男の悲しき心残りとは？

ふ-30-3

藤井邦夫
養生所見廻り同心　神代新吾事件覚
淡路坂

孫に付き添われ養生所に通っていた老爺が若い侍に理不尽に斬り捨てられた。権力の笠の下に逃げ込んだ相手に、新吾は命を賭した闘いを挑む。その驚くべき方法とは？　シリーズ第四弾。

ふ-30-4

藤井邦夫
秋山久蔵御用控
傀儡師《くぐつし》

心形刀流の使い手、「剃刀」と称され、悪人たちを震え上がらせる、南町奉行所吟味方与力・秋山久蔵の活躍を描くシリーズ14弾が文春文庫から登場。何者にも媚びない男が江戸の悪を斬る!!

ふ-30-5

藤原緋沙子
切り絵図屋清七
ふたり静

絵双紙本屋の「紀の字屋」を主人から譲られた浪人・清七郎は、人助けのために江戸の絵地図を刊行しようと思い立つ。人情味あふれる時代小説書下ろし新シリーズ誕生！　（縄田一男）

ふ-31-1

（　）内は解説者。品切の節はご容赦下さい。

浅田次郎
輪《わ》違《ちがい》屋《や》糸《いと》里《さと》（上下）
土方歳三を慕う京都・島原の芸妓・糸里は、芹沢鴨暗殺という、新選組の内部抗争に巻き込まれていく。大ベストセラー『壬生義士伝』に続き、女の〝義〟を描いた傑作長篇。（末國善己）
あ-39-6

池波正太郎
秘密
はずみで家老の子息を斬殺し、江戸へ出た主人公に討手がせまるが、身を隠す暮らしのうちに人の情けと心意気があった。再び人は斬るまい……。円熟の筆で描く当代最高の時代小説。
い-4-42

池波正太郎
鬼平犯科帳 全二十四巻
火付盗賊改方長官として江戸の町を守る長谷川平蔵。盗賊たちを切捨御免、容赦なく成敗する一方で、素顔は人間味あふれる人情家。池波正太郎が生んだ不朽の〈江戸のハードボイルド〉
い-4-52

宇江佐真理
幻の声 髪結い伊三次捕物余話
町方同心の下で働く伊三次は、事件を追って今日も東奔西走。江戸庶民のきめ細かな人間関係を描き、現代を感じさせる珠玉の五話。選考委員絶賛のオール讀物新人賞受賞作。（常盤新平）
う-11-1

海音寺潮五郎
戦国風流武士　前田慶次郎
戦国一の傾き者、前田慶次郎。前田利家の甥として幾多の合戦で武功を挙げる一方、本阿弥光悦と茶の湯や伊勢物語を語る風流人でもあった。そんな快男児の生涯を活写。（磯貝勝太郎）
か-2-42

加藤　廣
信長の棺（上下）
消えた信長の遺骸、秀吉の中国大返し、桶狭間山の秘策――。丹波を訪れた太田牛一は、阿弥陀寺、本能寺、丹波を結ぶ〝闇の真相〟を知る。傑作長篇歴史ミステリー。（縄田一男）
か-39-1

北方謙三
杖《じょう》下《か》に死す
剣豪・光武利之が、私塾を主宰する大塩平八郎の息子、格之助と出会ったとき、物語は動き始める。幕末前夜の商都・大坂を舞台に至高の剣と男の友情を描ききった歴史小説。（末國善己）
き-7-10

文春文庫　最新刊